Charlotte Camp

Satans Rache

Band 11

Roman

Über das Buch

Endlich gelingt es ihr, den Fängen der satanischen Brut zu
entfliehen, doch ihre Freiheit sollte nur kurz währen.
Widrige Umstände, zwingen sie, ihre vertraute Welt und ihr
Heim wieder zu verlassen.
Ergeben erträgt sie die despotische Unterdrückung und
Erniedrigung, neben einem ungeliebten Gatten.
Intrigen, Spott und Hohn, Hass und Verzweiflung bestimmen
ihr Dasein.
Ausweglos im 13.Jahrhundert gefangen, von Aufständen,
Rebellion und Irrglauben beherrscht ...

Zur Autorin:
Nach einem turbulenten Leben,
in selbst gewählter Ruhe und Abgeschiedenheit,
in einem kleinen Harzdörfchen,
widmet sie sich nun ausschließlich ihrem Hobby,
dem Schreiben, fantastischer Abenteuer Romane.

Fortsetzung der Trilogie

Tor zur Ewigkeit	Band 1
Sternenstaub	Band 2
Am Rande der Zeit	Band 3
Tödliches Verlangen	Band 4
Zwischen den Welten	Band 5
Der Gesichtslose	Band 6
Hinter dem Regenbogen	Band 7
Schwarze Sonne	Band 8
Die weiße Sklavin	Band 9
Satans Erben	Band 10

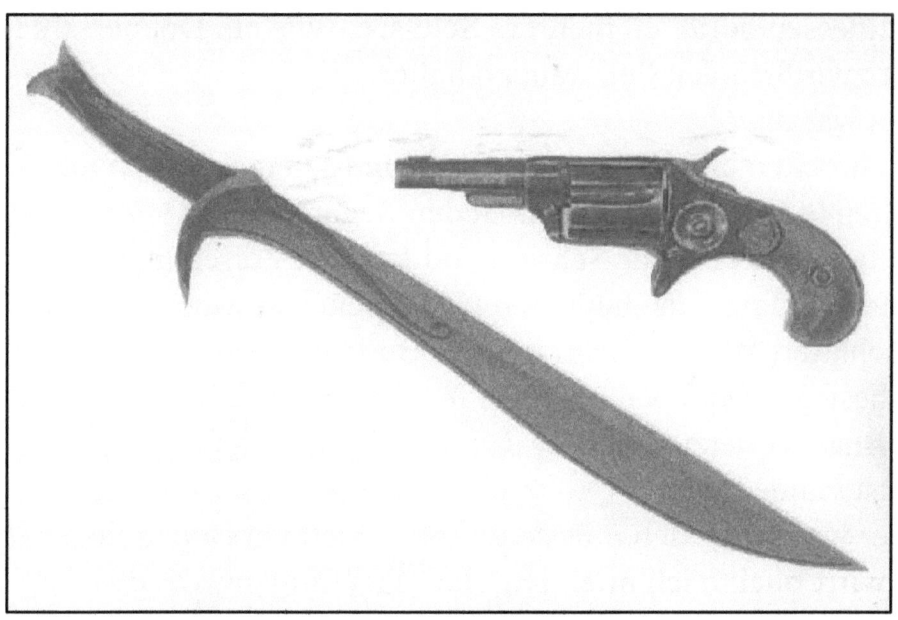

Kapitel 1:   Die andere Zeit

„Ich ergebe mich kampflos. Mein Leben ist zu Ende ohne dich mein Herz - wenn mir keine Hoffnung mehr bleibt", stammelte mein Liebster.

Er hatte keine Chance gegen den schwertschwingenden Gegner. Er machte auch keinen Versuch mehr sein Leben zu retten.

„So töte er mich endlich, wozu soll ich noch leben ohne sie," murmelte er und beugte sein Haupt, den tödlichen Hieb erwartend.

„Nein!", schrie ich in höchster Panik und warf mich zwischen

die Rivalen. „So soll das Schwert mich treffen und enthaupten".
Doch ich spürte es nicht auf mich niedersausen.

Stattdessen hörte ich mehrere Schüsse - wie ein Donnerschlag, laut zwischen den Felswänden hallen.

Was war das?

Erschrocken hob ich meinen Blick und sah meinen jungen Gatten tödlich getroffen am Boden liegen.

Ich taumelte ein paar Schritte und fand am Felsen halt, noch hatte ich nicht ganz begriffen was geschehen war.

Erschüttert starrte ich auf den am Boden liegenden, Unbesiegbaren, noch nie hatte ihn ein Säbel oder ein Schwert ernsthaft verletzt, nun aber sah ich frisches Blut aus einer Brustwunde treten.

Aber warum er? Ich müsste an seiner statt am Boden liegen, verwirrt blickte ich mich um und sah Wolfgang vor dem Höhlentor, mit einer Waffe in der Hand.

Wolfgang, mein Ziehsohn war aus der Höhle getreten und erfasste die Situation mit einem Blick, griff nach seinem Colt und schoss zweimal.

„Oh Mann, das war knapp", rief er und sprang uns mit hastigen Sätzen entgegen.

„Carla, liebste Carla, so sehe ich dich also wieder.

Wer ist der Kerl, der in Faschingskleidung, wie im Mittelalter mit einem Schwert herumfuchtelt und alles niedermetzeln will.

Was ist das für eine Witzfigur?"

„Also ich muss schon sagen, die Szene war Filmreif. Ist das ein echtes Schwert und wollte der euch tatsächlich einen Kopf kürzer machen?", fragte er staunend.

Langsam erwachte ich aus meiner Benommenheit und fand die

Sprache wieder.

„Oh Wolfgang, du hast ihn getötet!", stammelte ich mit bebender Stimme.

„Ja sollte ich etwa zusehen wie er euch köpft?"

Erschüttert starrte ich auf meinen am Boden liegenden jungen Gatten.

Blut sickerte aus seiner Brust.

„Du hast ihn getötet, Wolfgang", wiederholte ich und beugte mich fassungslos über ihn, als ich eine warme Hand auf meiner Schulter spürte.

Günter hatte sich wieder gefasst und schritt dem, noch vor wenigen Minuten munter schwertschwingenden Ritter, neugierig entgegen.

„So – das ist also dein neuer Gatte. Ich erinnere dich daran, dass du mit mir verheiratet bist, in vierter Ehe und das schon weit über 30 Jahre - du untreues Weib!" Knurrte er mit brüchiger Stimme. „Damit allerdings, hatte ich nicht gerechnet, wie bist du nur an den geraten Carla, doch mich überrascht nichts mehr", ergänzte er und wies auf den am Boden liegenden echten Ritter.

„Oh mein Liebster - so lass dir doch erklären: Ich konnte nicht Anders handeln - die Umstände haben mich gezwungen", hauchte ich, beschämt den Kopf senkend, „sonst wäre ich niemals aus den Pyrenäen und aus Italien hierher gelangt".

„Ja, er war ein echter Ritter, ein Bild von einem Kerl.

Ein Edelmann des Mittelalters, herrlich anzuschauen, in seiner farbenprächtigen Kampfausrüstung", erklärte ich.

Sind hier noch mehr von dieser Sorte in der Nähe? Womöglich ist hier ein ganzes Nest davon", witzelte Wolfgang.

„Dir scheint, dass alles wie ein lustiger Spaß zu erscheinen, hast du noch immer nicht begriffen, dass du einen Menschen getötet hast?", fauchte ich.

„Ach Quatsch, - der ist doch nicht tot, das ist nur der Schock, der ihn so erscheinen lässt, ich habe kein wichtiges Organ getroffen, was glaubst du von mir?"

„Kommt, wir müssen ihn schnellstens hinunterbringen und ihn verarzten", drängte er.

Zu dritt schleppten wir ihn in die Höhle, die uns ins Jahr 1892 beförderte. In aller Eile ging es nun den Berg hinab.

Nach Vier endlosen Jahren sah ich unser Haus wieder. Oh welch ein ergreifender Anblick, das Ziel meiner Sehnsüchte, endlich zu Hause zu sein.

Doch ich ahnte, dass mein Bleiben nicht endgültig sein würde. Am Hoftor stand unser treuer Diener Jonny und blickte mir ungläubig entgegen.

„Frau Gräfin ihr lebt?" Brachte er verwirrt hervor.

„Tragt ihn in meinen O.P.!", befahl Günter und kramte geschäftig die nötigen Utensilien, für den anstehenden Eingriff zusammen.

Der Verletzte begann sich zu regen. Schon stach die betäubende Nadel in Giesberts Arm und versetzte ihn erneut in einen künstlichen Tiefschlaf.

Ich war wieder bei meinem Liebsten, ein lang vermisstes,

8

warmes Gefühl durchströmte meinen Körper.

Über den Patienten hinweg, sahen wir uns an, hatten nur Blicke für einander, das verloren geglaubte, überwältigende Gefühl, war längst wieder aufgelodert. Der Drang, einander zu berühren, allein zu sein, nur wir beide, war unerträglich.

Unsere Hände berührten sich unausweichlich über dem Kranken, setzten uns in Flammen. Wir mussten uns beherrschen, vernünftig sein, erst muss Giesbert versorgt sein, dann …

Wolfgang arbeitete konzentriert.

„Vater, was ist mit dir, träumst du, und du Carla -, reich mir die Tupfer, oder willst du ihn verbluten lassen?

Ach ihr beiden, so etwas wie euch, gibt es kein zweites Mal", hörten wir von Wolfgang den altbekannten Spruch.

„Na dann geht schon, ihr seid mir eh keine Hilfe, ich werde schon allein fertig".

„Ich gebe ihm abschließend noch eine Betäubungsration, aber was wird dann mit ihm, wir können ihn nicht ewig im Tiefschlaf halten. Der gehört hier nicht her, sein Körper müsste schon lange zu Staub zerfallen sein", sinnierte Wolfgang.

Mit einem letzten Blick auf den versorgten Patienten, entfernte ich mich zögernd.

Es drängte mich, all diese vertrauten Räume zu durchstöbern und auf mich einwirken zu lassen. Ich hörte das Günter mir folgte.

Ich spürte seine Arme um mich und mochte schreien vor Seligkeit und übersprudelnden Gefühlen.

9

Oh welch eine glückliche Fügung, ich durfte bei ihm sein.
Er hob mich auf und trug mich in unser Schlafgemach.
Die Welt versank um uns, alles war wieder da, hatte die Zeit
Überdauert. Doch es gab ein Morgen, was soll nun werden?

Die Sonne weckte mich. Ich löste mich behutsam aus seinen
Armen. Er lag entspannt in seligem Schlummer - mein Gefährte
so vieler Jahre, mein Liebster, mein Leben. Ich zog die Decke
über den geliebten Körper und schlich aus dem Raum.
Mein erster Weg führte mich zu dem frisch Operierten.
Ich fand ihn in unruhigen Träumen, gleich würde er die Augen
aufschlagen.
Ich setzte mich zu ihm und griff nach seiner Hand, er sollte
nicht alleine aufwachen, in einer fremden Umgebung.
Er wirkte so schutzlos, so fremd und fehl am Platz, in dem
blitzsauberen, sterilen Raum - mit dem unbekannten Monitor,
dem blanken weißen Rollschrank - mit den vielen
Schubfächern - den pastellfarbenen Kunststoff - Stühlen.
Und nicht zuletzt dem Spitalbett mit verstellbarem Kopfteil und d
drehbaren Ablage für eine bequeme Nahrungsaufnahme.
Meine Augen glitten durch das Zimmer und wanderten zurück
zu dem Schlafenden. Aber er schlief ja gar nicht mehr.
Sein Blick erfasste mich, verweilte auf mir und schweifte
weiter, erfassten die unbekannten Gegenstände.
Ich sah das plötzliches Entsetzen, ihn erstarren ließ. Seine
Augen schienen aus den Höhlen zu quellen. Ein unartikulierter
Ton, entrang sich seiner Kehle.
„So beruhige dich doch Giesbert, alles ist gut, du bist in

Sicherheit", murmelte ich und strich ihm besänftigend über die Stirn.

Einem jähen Impuls folgend, wollte er sich abrupt aufrichten, wohl um der fremden Umgebung zu entfliehen, dachte ich und drückte ihn mit sanfter Gewalt in die Kissen.

„Sei vernünftig Junge, du kannst noch nicht aufstehen. Du bist verletzt und frisch operiert, du musst liegen und dich erholen".

Er begann zu brüllen wie ein verängstigtes Kind.

Der durchdringende Schrei lockte Günter auf den Plan und ließ ihn umgehend handeln. Schon stach die Injektionsnadel in sein Fleisch. Er wird jetzt noch eine Weile Heia machen.

Er ist außer Gefahr. Wir werden ihn jetzt in das behagliche Gästezimmer verfrachten, dort hat er allen Komfort!"

„Aber der ungewohnte Komfort ist es doch, der ihm Furcht einflößt", gab ich zu bedenken.

„Ach - da muss er durch, mit deiner Hilfe wird er sich schnell einfügen und genesen. So kann er bald wieder seiner Wege ziehen - in seine eigene Zeit. Dann wird er selig sein, wieder gehen zu können, ich selbst werde ihn fortbringen, wenn es so weit ist".

Ich hingegen, hegte große Zweifel an einem problemlosen Ablauf, äußerte meine Bedenken jedoch nicht. Ich wollte das alles durch eine rosarote Brille sehen, wollte endlich mit meinem Liebsten in meinem Milieu leben.

Mir war klar, dass es keine leichte Aufgabe war, die meiner harrte.

11

Der nächste Tag bewahrheitete meine Befürchtungen, aber ich sah es als meine Pflicht, ihm beizustehen und alles zu tun, was mir aufgebürdet wurde.

So begab ich mich täglich in aller Frühe in das Gästezimmer, in das wir Giesbert verfrachtet hatten, in den Raum, in dem ich einst selbst so manche Stunde verbracht hatte.

Ein ungutes Gefühl lastete schwer auf mir, wenn ich mich der Tür näherte und den Schlüssel umdrehte.

Ich fand ihn in großer Aufregung vor. Um ihn abzulenken, stellte ich den Fernseher an und versetzte ihn in noch größere Verwirrung, im Glauben, einen heilsamen Schock herbei zu führen.

„Oh mein Gott, ich stecke hier in einer anderen, fremden Welt fest und du bist mitten drin, was bist du, eine Hexe, eine Zauberin oder eine Göttin? Oh Heiland, ich bin mit einem überirdischen Wesen vermählt. Vermutlich bist du auch unsterblich, - sag, werden unsere Söhne auch unsterbliche Götter werden?"

„Du fantasierst, mein Lieber, bist noch ein wenig irre im Kopf, schlaf dich gesund, dann wirst du begreifen, was ich dir erklären werde"...

„Dort, - dieses Bild ist zum Leben erwacht, alles bewegt sich wie durch Geisterhand, verschwindet und neue Gestalten erscheinen", fuhr er auf, „Tiere, Häuser, Bäume, Gärten, alles das entsteht aus einem Bild, ohne dem Pinsel eines Malers. Wie ist das möglich, sag es mir, wie kann es sein, das aus einem schwarzen Bild, Leben entsteht? Ist das etwa Hexerei. Werden die Trolle mit ihren teuflischen Gespannen - diesen

12

gespenstischen Zauberwagen, uns jetzt überrollen? Was hast du da nur fürchterliches zum Leben erweckt? Oh ja, ich bin bei klarem Verstand, ich sehe alles ganz deutlich! Auf der Stelle wirst du mit mir dieses utopische Land verlassen", rief er außer sich und presste schmerzhaft meinen Arm.

„Da täuschst du dich, denn hier ist mein zu Hause!", setzte ich entgegen.

„Aber du bist mit mir verheiratet, bist mein Weib, mit mir wirst du gehen, du hast mir Gehorsam geschworen".

„Ach, das gilt hier nicht, hier zählen andere Gesetze", widersprach ich.

„Was hier auch zählen mag, so werde ich niemals ohne dich in unsere Welt zurückgehen!", trumpfte er auf, erhob sich stöhnend und zerrte an meiner Hand.

„Belästige die Frau nicht, Schurke, du bist hier nur ein geduldeter Gast. Solange du noch nicht fit bist- hast hier gar nichts zu melden!", hörte ich Wolfgangs dröhnende Stimme hinter mir.

„Wer seid ihr Mann, etwa auch ein Galan oder Liebhaber von meinem Weib oder warum erdreistet ihr euch, mir hinein zu reden - euch einzumischen! Sie ist meine angetraute Gattin, mir hat sie zu folgen", ereiferte sich Giesbert mit wutverzerrtem Gesicht.

„Aber nicht hier, hast du das noch immer nicht begriffen

Bürschchen! Vater, der Typ stellt Ansprüche", rief Wolfgang aus dem Flur.

„Das ist mein Stiefsohn, ich habe ihn aufgezogen", beeilte ich mich, zu erklären.

„Ha, - wie kann er dein Sohn sein, du bist doch kaum älter als er", fauchte Giesbert.

„Du erscheinst doch auch um vieles Jünger, als du an Jahren bist", warf ich ein.

„Soll das etwa heißen, du bist viel älter, als du mich glauben lasst?"

„Ach ich - ich bin so alt wie es mir gefällt, im Moment bin ich etwa so alt wie du, denke ich, doch das ist unrelevant. Ich werde dir nun ein nahrhaftes Frühstück bereiten. Du musst ordentlich essen, damit du bald wieder auf die Beine Kommst. Und du Wolfgang, lässt uns jetzt besser allein, wenn du nur Hohn für ihn übrighast!"

„Ja ich werde eure traute Zweisamkeit nicht stören, wie ich sehe, stehst du auf abschreckende Narbengesichter, wenn ich da an Justin, einen deiner zahlreichen Liebhaber denke, was ist wohl aus Ihm geworden?"

„Sicher lebt er irgendwo in einer anderen Zeit, bis wir irgendwann durch Zufall wieder einmal aufeinander treffen".

„Zufall? - ich glaube nicht an Zufälle, du weißt doch genau wo du ihn finden kannst, wenn es dich nach einem neuen Abenteuer gelüstet", bemerkte er zynisch.

„Du bist unverschämt Söhnchen, hast du noch immer nicht deine unangebrachte Eifersucht unter Kontrolle?", zischte ich wütend, verpasste ihm einen leichten Klaps und drängte ihn in die Diele.

„Es ist doch egal was ich sage, ob ich vor Sehnsucht glühe oder von Hass getrieben, du nimmst mich nicht für voll, spottest meiner Gefühle".

„So sind wir also schon wieder soweit, du bist unverbesserlich, ich will nicht glauben das alles was du von dir gibst, auch ernst gemeint ist!", schalt ich ihn und zog die Kammertür hinter mir zu.

Ich wollte mir nicht die kostbare Zeit, die mir vergönnt war, mit Streitigkeiten vermiesen lassen.

Giesbert musste versorgt werden.

Ich freute mich auf meinen Liebsten, konnte nicht erwarten mit ihm allein zu sein.

Wie früher immer, liefen wir Hand in Hand durch die blühenden Wiesen, fanden unsere alten Plätze zum zärtlichen Verweilen wieder.

Berauscht und überwältigt. Die warmen Ströme erfassten und verglühten uns, wir waren Eins, als flöße sein Blut durch meinen Körper.

Unsere unzerstörbare Liebe war wieder voll aufgeflammt, glühte heiß das die Funken stoben. Ein seliges Glücksgefühl, kaum zu beschreiben hüllte uns ein, wieder und wieder schworen wir uns ewige Treue.

Doch unser Glück war nicht ungetrübt, wie würde es weitergehen, wenn Giesbert auf seine Ansprüche beharrte! Eine Ehe zu dritt?

Giesbert erholte sich überraschend schnell.

Wir waren stets auf der Hut, fühlten uns permanent beobachtet. Ich ging ihm, wenn möglich aus dem Weg, vermied es, mit ihm allein zu sein.

Doch er bedrängte mich, forderte sein vermeintliches Recht, nötigte mich, mit ihm fortzugehen in seine Zeit.

Ich hatte mich schnell an die neue Zeit mit allen Annehmlichkeiten gewöhnt, mochte sie nicht wieder missen.

Mir graute vor dem primitiven Leben des Mittelalters, ohne Bad, Toilette, Kühlschrank und Heizung, den düsteren, stillen, endlosen langen Winterabenden ohne anregende Unterhaltung und Zerstreuung.

Die Männer, Günter und Wolfgang, sahen der Entwicklung ebenso wie ich, mit Unbehagen entgegen.

„Er geht nicht ohne sie!", hörte ich Wolfgang eines Abends sagen.

Ich hantierte in der Küche mit Töpfen und Pfannen.

Giesbert hockte verstört am Tisch und schaute mir missmutig wie immer bei meiner Tätigkeit zu.

„Ich dulde es nicht länger, das du hier bei dem großen, eingebildeten Kerl, dem allwissenden Heiler, diesem übermenschlichen Hünen, der so erhaben, gleich Gott mit wehenden Fahnen daher schreitet, als Haus – Magd, dienst!"

„Ich glaubte immer, ich wäre - aeh – aber neben dem bin ich nur ein hässlicher Zwerg", knurrte er verbittert.

„Aber er hat dein Leben gerettet, ohne ihn lägst du auf dem Friedhof - und ein hässlicher Zwerg bist du gewiss nicht, zudem tut es mir gut, mich zu beschäftigen!", bekräftigte ich meine Worte.

Er schüttelte unwillig den Kopf und fuhr unbeirrt fort.

„Wenn er nicht wäre, wärst du mir nicht davongelaufen und ich hätte ihn nicht bekämpfen müssen. Alles wäre nicht geschehen, nun sitze ich hier fest!

Alles ist hier so anders, so unwirklich, so grell und laut, fremde Stimmen, trommelnder Lärm, bald so wie Musik, dröhnt aus diesem merkwürdigen Kasten da, ich werde wirklich verrückt. Ich kann hier nicht länger sein, wir müssen schnellstens fort, der lange Kerl, der Doktor, wie du ihn nennst, der schaut dich an, als wärst du seine aeh, - was läuft da zwischen Euch, ist er nun dein Geliebter?"

„Er ist in der Tat mein Vertrauter und bester Freund, ihn kenne ich schon viele hundert Jahre, uns verbindet so viel"...

„Genug jetzt!", unterbrach er mich ärgerlich, packte und schüttelte mich.

„Aber wer wird denn so undankbar sein!", klang es von der Tür her.

„Wolfgang, begleite ihn auf sein Zimmer. Er ist noch nicht genesen, ist noch wirr im Kopf, redet dummes Zeug!"

„Ich weis was ich sage, noch bin ich klar im Kopf", begehrte er auf, doch er wurde erbarmungslos von dem um mehr, als eine Haupteslänge größeren Wolfgang gepackt und aus der Küche gezerrt.

„Er wird niemals ohne Sie gehen", hörte ich ihn wieder einmal sagen. „Wir müssen ihn abholen und einsperren lassen, er hat Wahnvorstellungen, glaubt aus dem 13. Jahrhundert zu kommen, behauptet ein Kreuzritter des Kaisers zu sein und was noch verrückter ist, er behauptet ein Sohn des um 11 Hundert geborenen Georg zu sein, wenn das kein Fall für die Anstalt ist!"

„Wir sollten ihn einweisen, je eher, - desto besser".

„Ja das sollten wir tun, er lässt uns keine andere Wahl", bekräftigte Günter.

„Aber das können wir nicht tun, es ist die Wahrheit, alles stimmt was er sagt!" gab ich zu bedenken.

„Das mag wohl sein, aber wer glaubt ihm, außer uns. Er wird gefährlich und kann uns durch seine Behauptungen in Teufelsküche bringen, wir müssen handeln, dir ist doch längst klar, das er niemals allein gehen wird!"

Ich nickte zustimmend.

„Ich kann gut verstehen, das er nicht alleine gehen mag, ist er doch von derselben Frau besessen wie ich", fügte er schmunzelnd hinzu.

„Ja, aber hier ist nicht seine Welt, hier ist er auf dem falschen Stern", nickte Wolfgang abschließend.

Am folgenden Tag schon, wurde der tobende Giesbert unter lautem Protest abgeholt.

Man hüllte ihn in eine Zwangsjacke und führte ihn ab wie einen Verbrecher.

Es war gewiss kein schönes Bild, ihn so zu sehen, mich plagten arge Gewissensbisse, ich fühlte mich mies und schlecht.

Nun war er nicht mehr im unseren Hause, aber es gab ihn trotzdem. Nur zwei Orte weiter vegetierte er, seiner Freiheit beraubt. Doch das war keine befriedigende Basis, für eine Beziehung zwischen Günter und mir.

Tage hielt ich es aus, die Ungewissheit und mein schlechtes Gewissen, ließen mir keine Ruhe, bis ich mich auf den Weg machte in die etwa 3 Kilometer entfernten Nervenklinik, um mich nach seinem Befinden zu erkundigen und ein ernstes Gespräch mit dem behandelnden Professor zu führen.
„Sie haben Recht gehandelt", gnädige Frau, er ist ein typischer Fall für die Psychiatrie, der arme Irre erzählt von Fernsehern, Scheinwerferlicht, Waschmaschinen und Musik aus einem kleinen Kasten!"
„Er spricht von einer bunten Scheibe, welche Schreiben und Rechnen könne und einem Bild das zum Leben erwacht".
Weiter schildert er den Pflegern und Schwestern seine perfide Situation. Mitleidig lächelnd, nicken sie ihm zu.
„Das alles gibt es dort, wo sie herkommen, guter Mann?", fragen sie ihn, gespielt verständnisvoll.
„Nein keineswegs, dort gibt es nichts dergleichen, nein, da hat man kein solches Teufelszeug wie hier!", ereiferte er sich und schüttelte verneinend den Kopf.
„Aber woher kommt ihr denn guter Mann?", fragten sie.
„Ich komme direkt aus dem Jahre 1353", entgegnete Giesbert ungeduldig.

19

„So - so, aeh, ja ich verstehe", sagte der Doktor- hinter vorgehaltener Hand, seinen aufkommenden Lachreiz verbergend.

„So verrat er mir doch noch seinen Beruf?", fuhr er hartnäckig seine Befragung fort.

„Beruf - Beruf, was ist das nur für ein merkwürdiger Begriff. Ich bin Kreuzritter, ein Vasall des Kaisers. Wenn ich auch zur Zeit nicht so recht weis, wer sich für den Kaiser hält.

Wir leben in einem endlegenden Gebiet, müsst ihr wissen, das Zeitgeschehen erreicht uns nicht!"

„Na jedenfalls seid ihr nicht der Kaiser persönlich, sonst müssten wir euch noch einen Thron besorgen, ha ha".

„Ihr macht euch über mich lustig, lacht mich aus, das werde ich mir nicht bieten lassen, meine Männer werden euch"...

„Ja ja, eure Truppen, beredet das mit Jesus von Nazareth, der sitzt zwei Zimmer weiter oder, - ach was noch besser wäre – Napoleon, ja wir haben auch einen echten Napoleon in unserem Haus!", rief er und schickte sich an zu gehen.

„Doch zunächst müsst ihr euch erst ein wenig einleben bei uns, ihr werdet schon sehen, es wird euch hier gefallen, wir haben fesche Krankenschwestern, die euch bedienen, wenn ihr recht artig seid".

„Krankenschwestern, was soll das heißen, ich bin gesund", brauste er auf, nur mit größter Mühe sich beherrschend.

„Ja ja, wie wir alle hier", konterte der Doktor und verschloss die Tür hinter sich.

Von ohnmächtiger Wut gepackt, tobte der Eingeschlossene

20

und zertrümmerte in seinem Zorn die Tür und wurde sogleich von zwei kräftigen Wärtern ergriffen und in eine Zwangsjacke gesteckt.

Auf seinen lauten Protest, wurde er von dem Professor zurechtgewiesen.

„Ihr solltet euch Glücklich schätzen, in unserem Hause Aufnahme gefunden zu haben, meine Leute sind Koryphäen auf ihrem Gebiet".

„Aber ich will nicht untätig den Tag vertrödeln, ich langweile mich tödlich ohne meine Gattin".

„Aber guter Mann, glaubt ihr, dass dies der rechte Ort für eine gebildete Dame ist, zudem für eine blaublütige Gräfin?"

„Bah, - ich scheint vergessen zu haben, dass ich selbst ein Graf bin!", polterte er zornbebend.

„Beruhig er sich, er stört den Frieden. Will er lieber wieder die Zwangsjacke spüren oder gar eine Beruhigungsspritze?"

„Nein, nur das nicht, ich füge mich, ich will nur – ach lasst mich einfach in Ruhe", murmelte er resigniert.

So blieb ihm nichts weiter, als sich wieder zu beruhigen.

„Wie mir scheint, bin ich hier eingesperrt, bin ich euer Gefangener, welcher Schandtaten beschuldigt ihr mich?"

„Oh - Gott bewahre, er ist keineswegs unser Gefangener, er ist lediglich zur Beobachtung hier. Wir müssen seine Daten auswerten, was denkt er nur von uns. Wir sind studierte Ärzte mit Diplomen und Doktorbrief und keine Gefängniswärter! Genieß er derweilen die Vorzüge in unserer renommierten Einrichtung und nutze die Annehmlichkeiten des Nichtstuns,

21

unserer vortrefflichen Küche, unserer geschulten Fachkräfte und nicht zuletzt die Ehre, von unserem hochgebildeten Professor behandelt zu werden. Darüber hinaus, erhält er eine Sonderbehandlung!"

Er aber, wollte sich nicht beruhigen und zufrieden geben…

„Mit ihm haben wir hier einen tobenden Narren mehr, er ist verkleidet wie um 12 Hundert etwa, wo zum Teufel hat er die seltsamen, stinkenden Lumpen nur her?

Er bildet sich ein, also er behauptet doch allen Ernstes der Sohn von König Georg zu sein, am Anfang hat er mit seinem Degen herumgefuchtelt, so das wir um unser Leben fürchten mussten. Ein Trupp Bewaffneter war von Nöten, um den übergeschnappten Irren Dingfest zu machen und in Zaum zu halten. Wir sahen uns genötigt, ihn erneut in eine Zwangsjacke zu stecken.

Meine Kollegen meinten gar, der gehört in die Gummizelle, aber das habe ich verhindern können", fügte er redselig hinzu.

Diesen Bericht hatte ich mir erschrocken angehört, ohne eine Zwischenfrage zu stellen, ich war erschüttert und bebte vor unterdrücktem Zorn.

„Ja hohe Dame, so ist der derzeitige Stand der Dinge", beendete der Professor seinen niederschmetternden Bericht.

Er glaubte also vielmehr, sich in einer fremden Welt zu befinden, als an die Tatsache, in einer anderen Zeit gestrandet zu sein. Diese irrige Vorstellung war ihm suspekt und fand keinen Wiederhall in seiner begrenzten Denkweise, folgerte ich, nach den erschütternden Berichten des Professors und nahm vorerst Abstand davon, ihn aufzusuchen.

Wie sollte ich ihm gegenübertreten, was ihm sagen, wie mich rechtfertigen für dass alles was ihm angetan wurde.

Voller Gewissensbisse machte ich mich auf den Heimweg, ohne ihn gesehen zu haben. Ich konnte es nicht ertragen, ihn wie ein Tier in einem Käfig eingefangen zu sehen.

Wie sollte ich mit diesem Wissen in Frieden mein gewohntes Leben weitenführen. Ich fühlte meine Augen feucht werden und hatte große Eile, diesem Ort zu entkommen.

Kapitel 2: Geborgtes Glück

Unser neugewonnenes Glück war flüchtig, konnte nicht von Dauer sein. Warum muss ich das alles erleben, ist es nicht genug, was ich alles durchstanden habe, die vielen Jahre auf meinen endlosen Irrwegen.

Teufel nochmal, habe ich nicht endlich ein wenig Glück und Ruhe nach den Unbilden der vergangenen Zeit verdient?

Wie soll es nun weitergehen, verdammt - verdammt.

Unschlüssig verhielt ich einen Moment im Park und schaute gedankenverloren die Hausfassade empor.

„Frau Gräfin, wir müssen jetzt fahren", riss mich unser Diener Jonny aus meinen Grübeleien, „der Herr wird schon ungeduldig warten und mich schelten", mahnte er und geleitete mich zu der wartenden Kutsche.

„Ach Jonny, wenn das deine einzige Sorge ist", murmelte ich und ließ mir ergeben die Trittleiter hinaufhelfen.

Die Kutsche ruckte an, die Pferdchen begannen zu traben.

Die Sonne senkte sich bereits und ließ die Obstbäume, die den Weg säumten, in voller Pracht erstrahlen.

Ich lehnte mich aufseufzend in meinem Sitz zurück,. Ach wie schön könnte doch alles sein, wenn uns nicht immer wieder Stolpersteine in den Weg gelegt wurden. Waren es nur Stolpersteine, die uns den Weg versperrten?

Sind nicht riesige Felsen zu überwinden?

Mein Liebster wartete schon ungeduldig auf mich, was kann es schöneres geben, ich sollte für ein paar geliehene Tage oder Wochen meine Sorgen verschieben und das jetzt in vollen Zügen genießen, dachte ich, als wir unser Hoftor passierten.

Er schritt uns aufatmend entgegen und schloss mich überschwänglich in seine Arme.

„Komm meine einzige Liebste, komm in meine Arme, wo du hingehörst", raunte er mir ins Ohr.

„Wir werden uns nie wieder trennen".

Schworen wir einander, als wir später erschöpft, aber noch lange nicht gesättigt, engumschlungen die süßen Wellen der Lust, die uns fortschweben ließen, in denen es nichts, als uns gab, genossen.

„Oh wie schön wäre es Liebste, jeden Morgen neben dir aufzuwachen und jeden Abend in deinen Armen einzuschlafen, immer nur wir beide, für alle Ewigkeit".

Wie köstlich waren diese Stunden täglich aufs Neue.

Dennoch war unser Glück getrübt, ein dunkler Schatten schwebte über uns, hüllte uns ein.

Ich wusste, das wir nur dem Augenblick lebten.

Eine tiefe Schwermut erdrückte mich.

„Du bist nicht mehr wie früher, etwas lastet schwer auf dir, quält dich, wenn ich dir doch helfen könnte, dich von deinen Sorgen befreien, was ist es, das ich tun kann Liebste?"

„Ja ich bin bedrückt, ich glaubte, hoffte endlich Ruhe zu finden nach dieser furchtbaren Zeit. Wo warst du nur in die ganzen Jahre? Warum warst du nicht da, als ich dich so nötig brauchte,

25

warum hast du nicht nach mir gesucht. Alles wäre anders gekommen, soviel Kummer und Leid wäre mir erspart geblieben!"

„Du glaubst ich hätte untätig hier herum gesessen die ganze Zeit, glaubst du das wirklich - kannst du dir nicht denken, das ich alles versucht hatte dich zu finden?

Ich hätte Himmel und Hölle in Bewegung gesetzt, gleichwohl war es mir nicht möglich, denn ich habe Jahre in einem modrigen Kerker verbringen müssen. Dort in diesen verfluchten Bergen, bis mir endlich die Flucht gelang!"

Oh ja, überall habe ich Spuren von dir gefunden, doch ich kam immer zu spät. Du hattest dich in Luft aufgelöst, warst verschwunden.

Der alte Graf, den ich ausfindig gemacht hatte, in dem merkwürdigen Felsenschloss am Fuße der Alpen, redete unverständliches Zeug, von einem Zeitloch, tief unter dem Gemäuer und von einem Urahnen, der dort sein Unwesen treibt", berichtete er, verständnislos den Kopf schüttelnd.

„So unverständlich das auch klingen mag mein Liebster, ebendort war es, wo die schlimmste Odyssee meines Lebens ihren Lauf nahm".

Ach, du kannst dir mein Entsetzen nicht vorstellen, als ich mich plötzlich in grauer Vorzeit des Mittelalters, in der Gewalt des Fürsten der Finsternis, wie er selbst sich nannte, befand.

„Giesbert war es damals, der mich schließlich aus den Fängen des tyrannischen Barbaren befreite, ihm verdanke ich, das ich mein restliches Leben nicht in den düsteren Katakomben der

Unterwelt, ohne Sonnenlicht, lauen Winden und Vogelgezwitscher fristen müssen".

„Aber das ist ja alles unglaublich, wie kann es so etwas geben?"

Sag doch selbst, wie sollte ich dem wirren Geschwafel des Alten Glauben schenken, ich hielt ihn für Altersdement, obwohl, - jetzt ergibt alles einen Sinn!

Oh du arme Kleine, hätte ich es doch geglaubt, so ungeheuerlich es auch klang, was der Alte versucht hat, mir verständlich zu machen!"

„Nun gut, ich habe es überstanden und bin nun hier bei dir. Jetzt erscheint mir, dass alles wie ein böser Traum, aus dem ich erwacht bin, doch unser Glück ist noch lange nicht besiegelt!"

„Es gibt ihn noch immer, er existiert, auch er ist ein Mensch voller Hoffnung und Sehnsucht".

„Es ist nicht Recht von uns ihn wegsperren zu lassen, er braucht seine Freiheit", bekräftigte ich.

„Aber er wird uns nie in Frieden lassen, du kennst am besten sein aufbrausendes Temperament Liebste".

„Ja, er ist ein wilder Naturbursche, aber wer gibt uns das Recht, ihn zu unterdrücken, wir sollten ihn wieder in seine Zeit befördern, wo er sich ausleben kann, denn hier wird er mir ständig als Stalker auflauern, hinter jedem Busch könnte er lauern, ich würde keine Ruhe mehr finden!"

„Ach, er würde doch zurückkommen und sein vermeidliches Recht fordern, immer und immer wieder",
beschwor ich Günter.

27

„So bleibt mir nichts anderes, als mit ihm zu gehen, zum Schein".

„Wie, - was sagst du da!" Ereiferte er sich.

„Ja, - nur für eine Zeit, ich muss ihn erstmal beruhigen".

„Das kann doch nicht dein Ernst sein, das redest du nur so daher oder soll das etwa heißen, das du mich schon wieder verlassen willst, einfach so, ich glaube es nicht!", rief er fassungslos und schüttelte mich.

„Nein. – ja, denn so kann es nicht weitergehen, er muss wieder zurück in seine Zeit und allein wird er niemals gehen. Ich muss ihn begleiten und"…

„Du hast dich also für ihn entschieden", brauste er auf, „so geh mit ihm, geh und werdet glücklich!", murmelte er, wendete sich um und ließ mich allein, die Tür krachte hinter ihm zu.

Ich lief ihm nach.

„So warte doch Liebster, du verstehst alles falsch, ich würde viel lieber hier bei dir bleiben, hier ist mein zu Hause, du bist mein Hort, mein Leben, aber wir können nicht in Frieden leben solange er hier ist. Ihn einzusperren ist keine Lösung".

„So, du meinst also, mit ihm fortzugehen ist die Lösung für Uns. Du faselst von unserer großen unzerstörbaren Liebe und willst mich verlassen?"

„Oh nein, ich habe keineswegs vor, dich zu verlassen, ich komme doch wieder", beteuerte ich, warf mich in seine Arme und bedeckte sein Gesicht mit vielen Küssen.

„Lass das!", wehrte er mich ab.

„Wenn du jetzt gehst, dann brauchst du nicht mehr zurückkommen, dann will ich dich nicht mehr. Du hast mich schon zu oft verlassen", fauchte er und löste mit Gewalt meine Arme von seinem Hals, stieß mich herzlos von sich und betrachtete mich herablassend.

„Du bist und bleibst ein kleines Luder, kannst nicht treu sein, flatterst von einem zum anderen, kannst nicht genug kriegen. Flattere nur weiter in deiner ewigen Unruhe, solltest du eines Tages zurückkommen, ist es zu spät für uns!"

„Ist das deine Meinung von mir, denkst du so?

Nun dann werde ich gehen, heute noch, so verbindet uns nichts mehr", hauchte ich, unter Tränen und bereute meine Worte sogleich wieder, doch er war gegangen, ohne ein Wort der Versöhnung.

Wolfgang hatte die letzten Worte unserer hitzigen Debatte durch die angelehnte Tür aufgeschnappt und versuchte nun den wütenden Günter aufzuhalten und zu beruhigen.

„Sie weis nicht was sie sagt, sie kann das unmöglich Ernst meinen, dass sie fortgehen will. Carla sag, das du ihn nur erschrecken willst, du bleibst natürlich hier oder willst du dir von diesem Idioten dein Leben zerstören lassen?

Dieser verrückte Typ, der hier nicht hingehört, man sollte ihn in seiner Zeit einkerkern, in ein Verließ werfen und verrotten lassen", fügte er grinsend hinzu".

„Nun reicht es aber, brauste ich auf, er hat sich keines Verbrechen schuldig gemacht".

29

„Bah, - er wollte meinen Vater töten, köpfen wollte er ihn und dich vermutlich auch, wenn ich nicht rechtzeitig eingegriffen hätte, dann"…

„Nun, er sah sich im Recht", murmelte ich.

Günter war gegangen. Ohne ein Wort der Versöhnung, ist er aus dem Haus gestürmt.

Ich war verärgert.

Benommen packte ich mein Bündel. Ich musste den Schmerz ertragen, der mich erdrücken wollte.

Mein Groll hatte sich verflüchtigt, dennoch war ich froh jetzt allein zu sein.

Günter machte seinen Lauf um das Dorf. So würde er sich abreagieren, seinen Zorn verarbeiten oder verdrängen wie Früher immer.

Glaubte ich das wirklich, doch nichts konnte mehr wie Früher sein.

Nein, - diesmal war es keine Lappalie, keine belanglose Meinungsverschiedenheit.

Ich muss gehen, sofort, lieber ein Ende mit Schrecken, als ein Schrecken ohne Ende.

In aller Eile suchte ich nach Schreibpapier und schrieb mit zittrigen Fingern, was zu sagen nötig war.

Ich muss gehen, habe keine andere Wahl, „ER" würde ewig zwischen uns stehen. Ich gehe, aber ich lasse mein Herz voller Liebe zurück, einer Liebe die unsterblich ist,

bleibt hier und wird immer bei dir sein.
Verwahre sie gut, ich komme wieder.
Lebwohl.
Deine Carla für immer!

Meine Augen füllten sich mit Tränen, die Zeilen
verschwammen.
Ich faltete den Bogen und steckte ihn unter sein Kopfkissen.
Uns waren nur ein paar kostbare Wochen inniger
Gemeinsamkeit vergönnt.
Ich strich liebevoll über das Kissen, benommen griff ich nach
meinem Beutel und verließ das Haus.

Mein Weg führte mich zuerst in das große Einkaufscenter, in
das Jahr 2040, ich hatte viel zu besorgen. Jetzt hatte ich die
Möglichkeit, mich mit vielen Dingen einzudecken, welche in
der alten Zeit nicht vorhanden und unbekannt waren.
Oh, derer gab es so unsagbar viele, doch ich würde mich mit
einer geringen Menge begnügen müssen, denn ein langer
Fußmarsch lag vor mir.
Ich deponierte mein kostbares Gut, welches mir das Leben in
der rückständigen Zeit ein wenig erleichtern und angenehmer
machen würde, in der kleinen Nebenhöhle neben dem
Zeitkanal.
Sodann machte ich mich entschlossen auf den Weg zur Klinik,
um meinen jungen Gatten aus seiner misslichen Lage zu
befreien.
Doch nichts war mehr so wie früher.

Giesbert war verstört und zutiefst gekränkt. Er konnte mir aus seiner Sicht, meine Untreue nicht so schnell verzeihen, es bedurfte vielen Feingefühls und Aufopferung von mir, sein Vertrauen wiederzugewinnen.

Ich musste ihn in Sicherheit wiegen, was nicht einfach sein würde. Doch sein Misstrauen wandelte sich umgehend in Erleichterung, der Gefangenschaft zu entkommen.

So tauchte ich mit ihm, den ungeliebten Gatten, also wieder in die alte Zeit, die mir zuwider und beinahe unerträglich war, trotz der Annehmlichkeiten, die ich mit mir führte.

So verfügte ich nun über Duftseife, Deo, Kaffee, Medikamenten, einem Recorder mit reichlich Batterien und vielem mehr, was mir das Leben erträglicher machen würde.

Doch das wichtigste fehlte, der Strom, um auch nur einen winzigen Teil der Errungenschaften der neuen Zeit nutzen und wenigstens telefonieren zu können, doch mit wem sollte ich dort telefonieren?

Auch jeden Fall wollte ich umgehend die Stallknechte anweisen, eine tiefe Grube für eine Latrine auszuheben.

Die Türen öffneten sich endlich für ihn.

„Komm mein Freund, du bist wieder frei". Ich breitete meine Arme aus und lief ihm entgegen.

Nach der ersten Euphorie wurde er Zusehens abweisender und Wortkarg, bis er schließlich ganz verstummte.

Sein Misstrauen gegen mich, wandelte sich in tiefe Abneigung, was hätte ich anderes erwarten können?

Wir hatten einen langen Marsch durch die Dörfer vor uns.

Zwei einsame Wanderer auf demselben Weg.

Das gleiche Schicksal, dasselbe Ziel, schweißte uns wieder zusammen. Die Befremdung und Distanz lockerte sich notgedrungen.

Ein leichter Nieselregen und ein kühler Ostwind trübte und behinderte unser Vorwärtskommen.

Ich hatte für Wegzehrung - ein Picknick vorgesorgt.

Auf einem umgestürzten Baumstamm hockend, wärmten wir uns gegenseitig, wie früher immer.

Langsam lockerte sich seine Zunge. Zaghaft, fast schüchtern legte er seinen Arm um mich. Seine Augen voller Leid, bohrten sich in Meine.

„Du bist also tatsächlich wiedergekommen, hast dich für mich entschieden", murmelte er staunend, als hätte er es erst jetzt gecheckt.

„Ja, ich werde mit dir gehen, was hast denn du gedacht", brachte ich unter Tränen, lachend hervor.

„Ich gehe diesen langen Weg mit dir", wiederholte ich theatralisch und dachte bei mir, - nur einen Teil des Weges.

Ich muss den Verstand verloren haben, freiwillig in diese verhasste Zeit zurück zu kehren, mit ihm, weis ich doch nur zu gut was mich erwartet.

„Ja zum Teufel", sagte ich laut, mit bebender Stimme.

„Du bist ein miserabler Gatte, taugst nicht als Ehemann, ich sollte auf der Stelle wieder umkehren, denn du wirst dich niemals ändern, wirst mich immer betrügen, belügen und

33

hintergehen, solange die Erde sich dreht. uD bist ein verlotterter Tunichtgut, machst mich nur unglücklich".

„Oh nein, ich schwöre dir bei meiner Mutter, alles wird nun Anders. Ich bin geläutert, ich habe mich sehr geändert, in der langen Zeit ohne dich, bin ich ein anderer geworden, geduldig und nachdenklich!"

„Komm nur getrost mit mir, dann wirst du schon sehen", bekräftigte er übereifrig.

„Ja ja, ich werde bald sehen, was von deinen Schwüren übrigbleibt", murmelte ich ohne Überzeugung.

Mit jeder Meile die wir zurücklegten, wurde er unleidlicher.

„Du bist erschöpft Schätzchen. Lass uns dort in der Kirche Quartier nehmen, der Pfarrer wird uns gewiss nicht abweisen."

„Ich bin keineswegs erschöpft, das sagst du nur, weil du selber Fuß lahm bist und dich nicht mehr auf den Beinen halten kannst".

„Nun ja, das ungewöhnliche Schuhwerk, das man mir aufgedrängt hat, hindert mich. Meine Füße schmerzen, auch meine bequemen Beinlinge hat man mir genommen und durch diese scheußlichen, einengenden Schläuche ersetzt!"

„Einzig meinen Umhang haben sie mir gelassen, diese stinkenden Weißröcke. Wie soll ich in diesem unwürdigen Aufzug meiner Familie gegenübertreten?"

Ja du hast recht, ich bin erledigt, ich habe genug für heute!"

34

Das meilenweite Marschieren war gar nicht in seinem Sinn, er war mit dem Pferderücken verwachsen, das Reiten beherrschte er, ehe seine Beine ihn trugen.

„Ich werde mir einfach ein Pferd von der Weide dort greifen und es im nächsten Ort gegen ein Neues austauschen. Das wird morgen ein lustiges Durcheinander geben, ha ha. Zudem gehören mir ohnehin alle Güter in dieser Grafschaft", erklärte er.

„Ach ja - und ganz besonders die Frauen, die dir gefallen", warf ich grinsend ein.

„Aber Schätzchen, keine gefällt mir so gut wie du, keine kann sich mit dir messen", entgegnete er und schritt zur Tat, traf seine Auswahl.

Hoch zu Ross setzten wir unsere Reise fort.

Ich war in seinen Armen geborgen und alles war plötzlich wie früher, doch nur einen Moment. Sein Bart kitzelte meine Wange, sein Mund streifte meine Schläfe.

Sein Geruch war es, der mich irritierte. Er roch ganz anders, roch frisch und rein nach Seife wie Jedermann.

Doch er war nicht mehr der unbedarfte kecke Draufgänger, mit blitzenden Augen - mir zuzwinkernd - mein Held, dem ich einst zuversichtlich und hoffnungsvoll mein Jawort gegeben hatte.

Es gab mal eine Zeit, in der ich gar ein bisschen verliebt in den selbstbewussten, tollkühnen Ritter war.

Ich wusste ja nun, was ich damals nicht ahnen konnte. Er braucht stets andere Frauen neben mir, ich genüge ihm nicht.

So würde es immer weitergehe - bis ans Ende unserer Zeit. Ich hatte mich geopfert für einen Kerl der mir niemals ein treuer Partner sein würde.

Ach was für ein dummes Gänschen ich doch bin, ein überwältigendes Schluchzen entrang sich meiner Kehle.

Plötzlich störten mich seine starken Arme, die mich besitzergreifend umschlossen, ich fühlte mich unbehaglich in seiner Nähe, der Drang zu fliehen wurde übermächtig, doch es war zu spät...

Kapitel 3: Missverständnisse

In der Ferne tauchte das heimische Schloss auf, erstrahlte im letzten Schein der untergehenden Sonne.

Auf dem Schloss wurden wir überschwänglich mit lautem Jubel empfangen.

Die verschollenen Totgeglaubten, waren plötzlich wiederaufgetaucht.

„Ja wir sind wieder hier, auch meine Kleine, mein Engel ist wieder bei mir. Ich habe sie errettet, aus den Fängen des Satans. Hier ist sie, in Fleisch und Blut steht sie vor euch!", prahlte er und zog mich mit glühenden Augen durch die erstaunt, raunenden Verwandten in die Halle.

Die gebrechliche Gattin des alten Grafen, die sich nach unserer Vermählung in den Ruhestand, zurückgezogen hatte und nun notgedrungen wieder das Regiment, in dem großen Haushalt übernommen, nahm sich erleichtert aufatmend, meiner an.

Mein Gott, so alt kann sie doch noch gar nicht sein, ich fürchte, das sie die Mitte der Fünfzig noch nicht überschritten hat. Was um alles in der Welt, ist ihr Leiden?

Nun, ich werde es schon noch herausfinden.

Nun scheuchte sie die Köchin und die Küchenmädchen, als wären hohe Gäste eingetroffen.

"Oh welche Freude, euch wohlbehalten wieder begrüßen zu können und in unserer Mitte zu wissen. Die Arbeit wächst mir über den Kopf. Die Gicht und das Rheuma plagen mich!"

„Nun werdet ihr, junge Frau, mich gottlob entlasten und meine ermüdende Aufgabe wieder übernehmen!", sagte sie aufseufzend.

„Ach Gottchen, das ich das noch erleben darf, komm Kindchen, komm an meinen Busen, was hast du nur entsetzliches erdulden müssen.

Ganz dünn bist du geworden, wir werden dich schon wieder Aufpäppeln. Du musst all das Schlimme rasch vergessen", murmelte sie mitfühlend und wollte mich schier erdrücken, in ihren fleischigen, mütterlichen Armen.

„Ja gewiss werde ich umgehend deinen Job übernehmen", versprach ich und tätschelte aufmunternd ihre Schulter.

Der alte Graf nickte eifrig und zog uns gönnerhaft in seinen Lieblingsraum, dem Zimmer das einmal die Bibliothek werden würde.

Noch fehlte es an literarischen Werken, jedoch mangelte es nicht an geistigen Getränken.

Nun verlangte er eine ausführliche Erklärung unserer Abwesenheit.

„Nun ja" - begann ich zögernd, denn ich wusste nicht was ich ihm auftischen sollte. Was sollte ich ihm erzählen.

„Seht es als unsere Hochzeitsreise, die ein wenig unglücklich, ja ungewöhnlich ausgefallen ist, also sie ist völlig misslungen!"

„Ja als ungewöhnlich kann man es wohl bezeichnen", bestätigte Giesbert und kippte den ihm angebotenen Cherry in einem Zug hinunter.

„Es war mehr als ungewöhnlich, um nicht zu sagen, perfide. Nun gut, es ist überstanden, schenk nach alter Gauner, heute wird unsere Ankunft gefeiert!"

„Ach bin ich froh wieder hier zu sein, du glaubst gar nicht Cousin, was ich alles habe erdulden müssen", schwatzte er redselig weiter.

Ich trat ihn unter dem Tisch und kniff ihm schmerzhaft in den Schenkel und hieß ihm, mit einem vielsagenden Blick, zu schweigen.

„Also es war durchaus nicht nach meinem Geschmack, dort wo man mich gefangen hielt. Eine unerquickliche Reise!", konnte er sich nicht enthalten hinzuzufügen.

Der Alltag auf dem mittelalterlichen Schloss, hatte mich wieder eingefangen.

Ich vergrub mich in unsinnige Arbeit, Tätigkeiten die nicht unbedingt von mir erwartet und schon gar nicht von Giesbert gern gesehen wurden, weil sie nicht meiner Stellung entsprachen.

Jede Beschäftigung die mich von meinen Grübeleien und meinem Kummer ablenken konnten, war mir Recht.

Das aber führte zu hitzigen Auseinandersetzungen mit meinem Gatten, der sich vernachlässigt sah.

„Du solltest nur für mich da sein, anstatt Dienstbotenarbeit zu verrichten", grollte er.

„So lass mich doch, ich bin nicht geschaffen zur Untätigkeit", wehrte ich ab. „Du vergnügst dich doch auch nach deinem Belieben!"

39

„Ich bin ein Mann und habe jedes Recht zu tun was mir beliebt", wies er mich zurecht. „Oder soll ich den ganzen Tag nur auf dich warten?"

„Ja du bist ein Mann der alles darf, aber treib es nicht zu toll, es könnte dir den Hals brechen, denn auch ich könnte mich Anderwärtig vergnügen, wenn mir der Sinn danach steht", warnte ich ihn.

„Du? - du wirst mich nimmer mehr hintergehen, ich würde dich töten!", drohte er mir.

„Wie willst du mich töten, mit deinem Säbel, mit deinem Schwert oder mich gar erwürgen. Was bildest du dir ein du Macho, du aufgeblasener Fant!"

„Schweig Weib, du weist nicht was du redest", fauchte er und zerrte mich in unser Schlafgemach, um mir seine Macht über mich ausgiebig zu demonstrieren.

Ich verzichtete weiterhin auf die zeitgemäße, lächerliche Kopfbedeckung, die mir meinem gehobenen Stande nach, Gebührte. Stattdessen trug ich kleine verspielte Hütchen, um mein Haupt, wie es üblich war, zu bedecken.

Auf dem Hof jedoch, begnügte ich mich mit einem Seidenen farbenfrohen Halstuch, leger um den Kopf gezogen, um nicht in der grauen Tristesse unterzugehen.

Meinem Gatten schien meine Aufmachung zu gefallen, denn er hatte nach anfänglichem Zweifel, nichts dagegen einzuwenden.

Mehr und mehr lebte ich in dem Gefühl, in dieser Zeit, nur eine nebensächliche Rolle zu spielen.

Ich spielte meine Rolle vortrefflich in dem Stück, das mir zugewiesen war. Aber jedes Theaterstück oder Drama hat einmal ein Ende, nur war der Ausgang dieser Inszenierung noch offen, die Fortsetzung war noch nicht abzusehen.

Der alte Graf kränkelte und verfiel zusehends, auch die betagte Gräfin, zog sich mehr und mehr in ihre Privatgemächer zurück.
Mir oblag nun die alleinige Führung des großen Haushaltes. Die Hochzeit der zweiältesten Komtess und eine Verlobung standen bevor und mussten organisiert werden.
Geburtstage und auswärtige Feierlichkeiten folgten und nahmen mich voll in Anspruch.
So zog der Sommer und Herbst in Windeseile dahin.
An einem trüben Novembertag, trugen wir die alte Gräfin zu Grabe.

Die Ernte war eingebracht, nun begann die alljährliche Vorsorge für den Winter. Ebenso das Schlachtfest, welches sich über Tage hinzog. Alles unterschied sich kaum von den Abläufen noch 500 Jahre später.
Das Fleisch musste eingepökelt und so haltbar für viele Monate gemacht werden, auch Kohl und Rüben wurden in unterirdischen Gewölben, kühl und sicher eingelagert.
Tage, - Wochen mit viel Arbeit hüllten mich ein.
Weihnachten stand bevor, es wurde fleißig gekocht, gebraten und gebacken. Brote, süße Küchlein, der Speisetisch bog sich unter fetttriefenden Speisen.
Erst im neuen Jahr kehrte ein wenig Ruhe ein.

41

Die Welt versank unter einer dicken Schneedecke, das Leben erstarrte.

Man besinnt sich seines Nächsten, in den dunklen Wintermonaten, in denen das warme Bett die willkommene Zuflucht ist.

Doch in der behaglichen Wärme des Bettes, kuschelten wir auch so manche Stunde, eng aneinandergeschmiegt.

Wenn Giesbert auf mein Drängen, von seiner Kindheit zu erzählen begann, lauschte ich andächtig seinen Worten.

So begann er wie meist mit seinen frühesten Erinnerungen.

„Ich war noch nicht geboren, erzählte oft mein Bruder, als Mutter zusehends unruhiger und unzufriedener in ihrem selbstgewählten Exil, wurde"

„Sie hatte plötzlich Angst vor dem Altwerden und der Einsamkeit. Auf einmal war sie bereit, den Rest des Lebens, mit Vater in der Unterwelt zu verbringen".

„So hielt sie wieder Einzug in dem düsteren Gemäuer.

In dieser Nacht wurde ich gezeugt. Doch es blieb bei dieser einen Nacht, denn Vater wollte sie nicht mehr im Bett - dort bevorzugte er Jüngere".

„Was nicht heißen soll, das er sie nicht mehr mochte, denn als Gefährtin und treue Beraterin, schätzte er sie sehr und suchte sie und uns häufig auf, als wir noch Kinder waren".

„Wir Knaben mussten alle, die ersten fünf Jahre, bei Vater Verbringen. Er war ein strenger Zuchtmeister. Hart und grausam, kannte er kein Erbarmen, doch mit der Zeit, entfremdeten wir uns".

„Nun, in jener Nacht unter dem Berge, wurde mein Samen gestreut, doch, weil ich in der Zeitlosigkeit der Unterwelt gezeugt wurde, glaubte Mutter, ich müsste unsterblich sein. Sie ließ sich nicht von dem Glauben abbringen und behandelte mich mit Ehrfurcht, vor Gott und dem Schöpfer allen Lebens!"

„Ich selber weis nicht, ob es zutrifft und ob ich es so will!"

„Was glaubst du mein Liebchen?"

„Nun, du erscheinst wahrlich jünger, als du an Jahren bist, doch eine Unsterblichkeit darin zu sehen ist verfrüht, zudem wäre es fatal. Bedenke, wie überdrüssig des Lebens und wie einsam du einst wärest, wenn alle, die deinen Weg begleiten, wegsterben und du allein den Weg in die Unendlichkeit weiter und immer weitergehen musst!"

„Ja nicht auszudenken, wenn ich ohne dich"…

„Ach ich"… Auch ich kann unsterblich sein, wenn ich es will, wollte ich erwidern, doch ich schwieg ergriffen, denn ich hatte andere Absichten. Nicht mit ihm, sondern mit meinem Liebsten, der in der Zukunft auf mich wartet, wollte ich meine Ewigkeit verbringen.

Kapitel 4:   Ein Windei

„Du bist mir eine schlechte Gattin, ein Windei, ich sollte dich verstoßen", eröffnete mir mein Gatte eines Morgens.
„Ich warte solange schon auf einen Sohn, habe ich den Acker nicht immer gut bestellt?"
„Ich bin untröstlich, dir noch immer keinen Stammhalter geschenkt zu haben", hauchte ich gespielt schuldbewusst.
„Vermutlich bin ich schon zu alt für diese Aufgabe".
„So sei es denn, verstoße mich und hol dir eine Jüngere ins Bett!"
„Was sagst du da, - ich soll mir eine andere ins Haus holen, aber du bist meine Angetraute vor Gott. Du meinst ernsthaft, eine Nebenfrau soll zwischen uns liegen - soll das Lager mit uns teilen?"
„Nein was glaubst du nur, denkst du, du könntest dich mit zwei Frauen vergnügen, das könnte dir so passen, denn wenn eine andere Frau meinen Platz einnimmt, werde ich mich klaglos zurückziehen!"
„Das schlag dir aus dem Kopf" knurrte er aufgebracht und raufte sich die Haare.
„Du bleibst hier wo du hingehörst, oder soll ich dich nur noch aus der Ferne bewundern können. Komm meine Schöne, lass uns einen neuen Versuch starten!"

Der Hof hatte sich wie immer zu der Jahreszeit in einen kotigen Morast verwandelt.

Ich raffte meine Röcke und bahnte mir einen Weg, zwischen Gänsen und gackernden Hühnern hindurch, um in den Stall zu gelangen, ich musste schnell gehen, um mit meinen Holzpantinen nicht im Matsch stecken zu bleiben.

Ich benötigte viele Eier für meinen Plan, Nudelteig zu bereiten.

Das ewige Brot, zu jeder Mahlzeit, ging mir auf die Nerven. Kartoffeln waren nicht bekannt, auch Reis hatte ich noch nicht zwischen den Vorräten entdeckt.

Eine fette Glucke mit ihrer putzigen Küken Schar, stellte sich mir kampflustig, schimpfend in den Weg.

„Aber wer wird denn so garstig sein", murmelte ich belustigt und scheuchte sie energisch zur Seite.

Aus dem Stall sprangen mir zwei Hofhunde, schwanzwedelnd entgegen.

„Habt ihr wieder die jungen Enten erschreckt. Schämt euch ihr

46

Rüpel, Pfui, benehmt euch, ihr verderbt mir mein Kleid. Seht nur was ihr angerichtet habt!", schalt ich sie und bückte mich nach den Nestern.

Der Korb füllte sich in Nu. Selbstvergessen summte ich ein Lied vor mich hin, als eine barsche Stimme hinter mir, mich aufschreckte.

„Was treibst du hier im Stall Weib und wie du wieder aussiehst, wie eine dreckige Stallmagd. Ich dulde es nicht, das du dich in den Stellen herum treibst", grollte er mit dröhnender Stimme.

„Aber Schätzchen, ich sammele nur die Eier ein, deine unbändigen Hunde haben mich angesprungen, siehe nur, das

47

schöne Kleid ist ganz schmutzig. Du solltest sie besser erziehen!"

„Was musst du die Eier selbst einsammeln, das ist nicht deine Aufgabe, beschäftige ich nicht genug Gesinde?"

„Ach die Mädchen haben genug anders zutun, zudem wollte ich für ein paar Minuten der Ofenhitze entkommen. Komm sei friedlich, blas dich nicht so auf und behindere mich nicht. Meine Zeit ist bemessen, ich habe noch viel zu erledigen!"

„Bah, - du weist was du besseres zu erledigen hast, wie lange soll ich noch warten?"

„Ach das Eine hat doch mit dem anderen nichts zu tun, mein Guter, alles zu seiner Zeit", entgegnete ich schmunzelnd und drückte ihm einen schnellen Kuss auf die Wange.

„Sei nun vernünftig und reg dich nicht über derlei Lappalien auf, heute werde ich dich mit einem neuen leckeren Mahl überraschen, nun lass mich los und hindere mich nicht länger, meine Arbeit zu tun".

Widerstrebend löste er seine Arme von meiner Schulter.

In der Küche vergaß ich bald diesen lächerlichen Vorfall.

Ganz von meinem Eifer in Anspruch genommen, häufte ich einen Berg körniger, Gries ähnlicher Substanz - grob geschrotetes Mehl auf die Tischplatte.

Ach, wenn es doch nur richtiges, feines Mehl geben würde.

Sodann gab ich reichlich Eier hinzu, ein wenig Wasser, rote Bete-Saft und begann mit Inbrunst den Teig zu kneten.

Er hatte eine interessante rote Farbe, dass würde das Interesse der Verkoster auf die ungewohnte Speise wecken.

Versunken in meiner Tätigkeit, vergaß ich die Umgebung.
Die Köchin schaute mir misstrauisch über die Schulter.
„Was wird das Frau Gräfin?, wenn ich mir die Frage erlauben darf".
„Nudeln, - Mechthild, ich führe heute Nudeln ein, schau nur zu wie ich sie bereite. Ich wünsche, sie dreimal Wöchentlich auf den Tisch zu bringen!"
Zum Schluss schwenkte ich die fertige Pasta in einer Pfanne mit brauner Butter, bestreute sie reichlich mit Zucker und servierte sie zum Eingewöhnen, eigenhändig als Vorspeise.
Wie zu erwarten, waren alle begeistert von der neuen Bereicherung des Speiseplans.
Übermorgen werde ich Pizza und nächste Woche Käseklößchen bereiten.
Das wird das Ende der ewigen Grießpampe und des dicken Hafer und Graupenbreis.

Ein Bote überbrachte uns eine Einladung von einem Cousin, ein paar Dörfer entfernt, ins Haus. Eine Hochzeitsfeier war sehr begehrt, brachte sie doch angenehme Abwechslung in den tristen Alltagstrott.
Wir putzten uns fein heraus.
Erst auf der Fahrt erfuhr ich den Ortsnamen unseres Reiseziels.
Oh ich kenne ihn nur zu gut, es war das Dorf im Tal am Berge, dem Berge - unserem Berg mit der mystischen, legendären Höhle. Ich glaubte zunächst mich verhört zu haben, augenblicklich war ich von einer kribbelnden Unruhe ergriffen.

Meine Gefühle und Gedanken wirbelten durcheinander, alles verdrängte war plötzlich möglich, würde es mir gelingen, in einem unbemerkten Moment, den Feierlichkeiten zu entfliehen, um die Höhle zu erreichen?

Fast ein Jahr war seit meinem neuerlichen Eintauchen in diese Zeit vergangen. Schon seit Monaten spielte ich mit dem Gedanken, mich um einige Jahre zu verjüngen. Doch das konnte ich nur im Zeitkanal.

Mein 50. Geburtstag rückte unaufhaltsam näher, während mein Gemahl gerade erst die 40 überschritten hatte.

Sechs oder sieben Jahre würden mir fürs Erste genügen, überlegte ich fiberhaft. Als die Kutsche sich dem Ort meiner Sehnsucht näherte.

Zudem gingen meine kostbaren Errungenschaften aus der Neuzeit zur Neige, wie soll ich nur ohne meine gewohnten Toilettenartikel auskommen, hatte ich erst vor ein paar Tagen sorgenvoll gegrübelt.

Nun gut, vorher ging es auch ohne Klopapier, Deo, Shampoo und diverse Hygieneartikel.

Doch mir graute schon vor der Zeit, auf all das verzichten zu müssen, wie unwohl und schmutzig habe ich mich damals gefühlt. Angewidert von der Vorstellung, schüttelte ich mich.

Ich erkannte das Dorf sofort wieder, wenn auch vieles in meiner Erinnerung anders war.

Als wir den Hof passierten, flammten alte, längst vergessene Bilder in mir auf.

Ist das nicht der Hof, auf dem Justin und später auch mein Liebster, einst vor langer Zeit, - in ferner Zukunft den Freitod gewählt hatten.

Dieses Gehöft schien Schicksalhaft mit uns verbunden.

Ich muss meinem Liebsten unbedingt erzählen, dass in diesem Anwesen, ein Nebenzweig seiner Sippe, lebte. Vermutlich sind sie eines Tages, mangels Nahrung und Seuchen ausgestorben, überlegte ich.

Nach einer ausgiebigen Begrüßung und einem üppigen Mahl, anregender Unterhaltung, reichlichem Genuss von geistigen Getränken, ließen wir es uns wohlergehen.

Die Stimmung lockerte sich. Bald folgten Schulterklopfen, neu auflebende Freundschaften und Verbrüderung und das Versprechen, sich künftighin öfters zu sehen.

Jetzt sah ich meine Chance gekommen, mich unbemerkt zu entfernen.

Mein Gatte flirtete ausgiebig mit der Schwester der Braut, hatte mich offensichtlich vergessen, als ich mich heimlich davonstahl.

Der Wald, der zu den Höhlen führte, war noch ein Urwald, kein Pfad wies mir den Weg, doch ich sah die lockende Höhle durch die Bäume schimmern, die es zu erreichen galt.

Wie oft schon hatte ich diesen Hang bestiegen. Intensiv war ich mir auf meiner Klettertour, der Nähe meines Liebsten bewusst, doch heute würde ich ihn nicht sehen, zu schmerzlich wäre es, ihn zu sehen und sogleich wieder verlassen zu müssen. Zudem war die Zeit zu knapp.

Jeder glaubte mich ohnehin 15 Jahre jünger, wie es auf unserer Heiratsurkunde schwarz auf weiß zu lesen war.

51

Doch ich war kein unbeschriebenes junges Ding mehr, mich plagten erdrückende Sorgen.

Ich quälte mich durch das unwegsame Dickicht und erreichte endlich den Zeitkanal.

Ich wusste was zu tun war und eilte darauf in das Center, um die mir so erstrebenswerten Dinge zu besorgen. In großer Hast, besorgte ich die nötigsten Artikel, um mich sogleich wieder in die Höhle zu begeben. Jetzt galt es meinen Plan, mich zu verjüngen, auszuführen.

Nach wenigen Minuten verließ ich die Höhle wieder, in der Ungewissheit, ob mein Plan gelungen war.

Wie würde mein Gemahl reagieren? Würde er meine Verwandlung überhaupt wahrnehmen?

Giesbert hatte bald mein Fehlen bemerkt und war nervös ins Freie geeilt.

In Unbändigem Zorn, mit wüsten Beschimpfungen an das Gesinde, scheuchte er mit drohend, erhobenen Fäusten, die arglosen Dienstboten, wie eine Schar Hühner in alle Winkel des Gehöftes, um seine verschwundene, holde Gattin, ausfindig zu machen.

Die Gastgeber waren untröstlich, konnten sie doch nichts ausrichten.

So sah ich ihn schon von weitem gestenreich wüten, als ich aus einer Nebenstraße trat. Um auf mich aufmerksam zu machen, hob ich meine Arme und winkte lebhaft.

Im Näherkommen, sah ich ihn erleichtert aufatmen und sich erregt über die Augen fahren.

Meine Güte, was regt er sich so künstlich auf, ich bin doch keine zwei Stunden weggewesen.

„Da bist du ja, ich habe gar nicht bemerkt, das du fortgewesen bist", bemühte er sich in gemäßigtem Ton, hervor zu bringen. Doch sein vorwurfsvoller Gesichtsausdruck, strafte seine Worte lügen.

„Ich war ein wenig auf Erkundungstour, wollte sehen, ob unser Haus schon steht. Du musst Wissen, das ich hier einst"... Mehr wusste ich nicht zu meiner Rechtfertigung zu sagen.

„Du wolltest sehen, ob euer Haus „noch" steht", verbesserte er mich.

„Ach wie Interessant, nun erfahre ich endlich, wo deine Wurzeln sind, aber das hätten wir auch gemeinsam herausfinden können".

„So so, hier bist du also aufgewachsen", sprach er weiter.

„Nun wirst du mich endlich deiner Sippe vorstellen!"

„Nein so ist es nicht, das verstehst du falsch!", beeilte ich mich, es richtig zu stellen.

„Hier lebte ich einst, - aeh – hier werde ich, - also, - ich will damit sagen, meine Sippe lebt noch lange nicht".

„Du verwickelst dich in Widersprüche, nun verstehe ich gar nichts mehr. Was willst du damit sagen, du musst es mir schon besser, verständlich erklären".

Der Hof hatte sich indes gelichtet, wir waren allein zurückgeblieben.

„Nun ja, ich versuche es zu erklären", fuhr ich fort, „doch du wirst es nicht verstehen".

„Hier habe ich gelebt, das heißt, ich werde hier leben, von 1868 bis 1938!"

„Wie, - was faselst du da von 1838, wie soll ich das verstehen, das ist doch erst in 600 Jahren, du scheinst verrückt geworden zu sein, solch einen Unsinn von dir zu geben".

„Nein durchaus nicht, du selbst hast diese ferne Zeit schon betreten, hast du das alles schon vergessen?"

„Die andere Zeit", sagst du? nein, das war eine andere Welt, in die ich getreten war. Mittlerweile glaube ich, das ich das alles nur geträumt habe!

Komm Liebes, lass uns diese Gesellschaft verlassen, ich will mit dir allein sein, ich muss gestehen, ich bin noch immer verrückt nach dir, du verzauberst mich mit deiner Schönheit".

„Alle anderen werden mit jedem Jahr runzliger, farbloser und unansehnlicher, dich aber scheint das Alter nicht zu berühren, denn du erscheinst mit jedem Tag lieblicher und betörender, strahlst wie die aufgehende Sonne".

„Ach – das empfindest du nur so, in deiner seligen Weinstimmung, morgen wirst du mich wieder allein lassen".

„Wer immer du auch bist, so kann ich es nicht erwarten, mit dir zu liegen, du bist so verlockend erregend, so liebreizend und Elfenhaft. Die Elfe die mir weismachen will, ohne Vergangenheit - aus der Zukunft zu kommen".

„Hast du denn alles vergessen, was du in der anderen Zeit erlebt hast, mein Gatte?", fragte ich ungläubig.

„Ach diesen Albtraum habe ich verdrängt, das ist Vergangenheit und niemals wirklich geschehen. Ich weis nur

54

eins, ich darf mich glücklich schätzen, die schönste Frau auf Gottes Erdboden, als die Meine zu besitzen und auskosten zu dürfen".

„Johann, spann die Pferde an, wir werden auf der Stelle aufbrechen!"

Kapitel 5:   In neuer Liebe erblüht

Es gab keine großen Momente der hingebungsvollen Leidenschaft, eher waren es Augenblicke der Wollust, die sich in unsere Gemächer abspielten, welche mein Gatte für Liebe hielt.

Der Frühling ging, der Sommer wechselte in den Herbst.

Die Ernte war eingebracht und deckte uns mit Arbeit ein.

Die Tage wurden grau und regnerisch, Nebel legte sich über das Land.

Eine tiefe Wehmut senkte sich auf mein Gemüht. Wie lange noch kann ich dieses sinnlose Dasein, mit Menschen die mir so fremd sind in ihrem Wesen, ihrer naiven Weltanschauung noch ertragen?

Worüber sollte ich mit ihnen reden, außer über das Wetter und das Essen. Selbst der muntere Amadeus, vermochte mit seinen lustigen Reimen nicht, mich aus meiner tiefen Melancholie zu befreien.

Giesbert betrachtete mich als seinen Besitz, war sich meiner sicher, brauchte sich nicht mehr um mich zu bemühen.

Oft sah ich ihn den ganzen Tag nicht, außer bei den gemeinsamen Mahlzeiten.

Ich wusste nie wo er sich aufhielt und was er trieb die vielen Stunden zwischen morgens und der Nacht.

Ich machte mit nicht die Mühe, ihn danach zu fragen, wollte es auch gar nicht wissen, obgleich ich es doch wusste.

Ich sah in oft ins nächste Dorf reiten, dort vermutete ich seine Geliebte.

Ich sollte ihm nachschleichen, um ihn in Flagranti zu ertappen. Doch diese Gewissheit hintergangen und erniedrigt zu werden, schreckte mich ab.

So nahm ich meine einsamen Ausritte wieder auf.

Bald gesellte sich Amadeus zu mir. Ich verschmähte nicht mehr seine Begleitung. Mit ihm konnte ich wieder lachen und scherzen.

Wir jagten durch Wiesen und Wälder. Ich konnte ihn überreden, auch gelegentlich den Weg gen Westen, durch die Dörfer zu nehmen.

Eines Tages rasteten wir am Fuße der Berge.

Die Bäume hatten längst das Laub abgeworfen, so konnte ich oben im Berg die Höhle sehen. Sie lockte mich unwiderstehlich.

Nur mit Mühe konnte ich der Versuchung widerstehen, auf der Stelle dieser Zeit zu entfliehen und endlich in „mein" Leben einzutauchen.

Sehnsüchtig starrte ich in die schwarze Öffnung, hinter der das wirkliche Leben meiner harrte.

Gedankenversunken, saß ich ab und stieg ein paar Schritte den Hang hinauf.

„Was fasziniert euch so an der teuflischen Gruft dort oben? Ihr werdet doch wohl nicht so töricht sein... So kommt um Himmelswillen nicht auf die Idee, sie zu betreten, denn wisset, dass sie alles verschlingt und nicht wieder preisgibt!"

„Oh was du nicht sagst Cousin, davon habe ich noch gar nicht gehört", entgegnete ich scheinheilig, warf noch einen letzten sehnsüchtigen Blick auf die verlockende, dunkle Öffnung im Berge und wendete mich ab.

„Wenn das so ist, dann lass uns umkehren".

Auf dem Hof erwartete uns schon Giesbert. Mit zornrotem Gesicht, baute er sich herrisch vor uns auf.

„Was treibt ihr hinter meinen Rücken?", bellte er und zerrte mich unwirsch vom Pferd.

„Was erlaubst du dir, du Barbar, habe ich nicht auch ein Recht auf ein wenig Abwechslung, während du dich anderwärtig vergnügst", fauchte ich und versuchte mich aus seinem Griff zu befreien.

„Vergnügen sagst du, glaubst du das ist ein Vergnügen, einen Trupp kampflustige Männer zu organisieren und aus blöden Bauerntrampeln Soldaten zu zaubern?"

„Treib dir deine närrischen Ideen aus dem Kopf, oder glaubst du ich weis nicht, was dein Ansinnen ist Cousin.

Du planst Überfälle und Raubzüge, um dich zu befriedigen und dich zu bereichern", höhnte Amadeus.

„Schweig du dämlicher Trottel. Nutzlose Hosenscheißer wie dich, können wir ohnehin nicht gebrauchen. Wir benötigen richtige Männer für unsere Aktion!"

„Ich verstehe nicht, wovon du redest mein Gemahl, du triffst dich mit Männern, willst sie für deine Schurkereien gewinnen und zu Kämpfern drillen, und ich dachte du vergnügst dich mit"...

„Mit leichtsinnigen Weibern, wolltest du sagen. Du glaubst ich habe nichts anderes im Sinn, als andere Weiber, aber ich habe doch dich mein Schätzchen", murmelte er und zog mich grinsend in seine Arme.

„Aber was hast du vor", griff ich das Thema wieder auf, „willst du den Frieden brechen?"

„Ach Weibergeschwätz, was weist du denn schon von Männeraufgaben, von dem Drang nach Erfolg und Sieg".

„Scher dich ins Haus an den Kochtopf und las Männer tun was Männer tun müssen. Und du, du weibischer Nichtsnutz, hältst gefälligst dein Maul, wenn du keine Ambitionen zum Mitmachen verspürst!", zeterte er, an Amadeus gerichtet und verpasste ihm einen derben Stoß.

„Ich warne dich, lass die Finger von meiner Frau. Ich dulde keine geheimen Ausritte mehr", fügte er hinzu.

„Du verwehrst mir den Schutz eines Mannes, willst mich den Gefahren dieser Zeit aussetzen?", brauste ich auf.

„Soll ich allein durch die einsame Gegend streifen oder missgönnst du mir auch noch meine belebenden Ausritte? Ja sperr mich nur ein, wenn du glaubst eine Frau nicht anders halten zu können, so aber kannst du mich gewiss nicht halten, denn damit erreichst du das Gegenteil!"

Ich hatte mich in Rage geredet und sprühte ihn mit wildfunkelnden Augen an.

„Weis Gott, mit dir muss man anders umgehen, du bringst es fertig, aus mir einen zahmen Trottel zu machen Weib, nur – meine Zeit erlaubt es nicht, dich gebührend zu hofieren, wie es dir beliebt".

„Gedulde dich noch eine Weile, ich habe noch eine wichtige Aufgabe zu bewältigen. Später wirst du in mir einen fürsorglichen Gatten finden!", versprach er und führte mich ins Haus.

„Später ist es vielleicht zu spät!", murmelte ich, mehr zu mir selbst.

Es hatte sich nichts geändert.

Meine freie Zeit verbrachte ich weiterhin mit Amadeus. Ich gewöhnte mich an die ständige Gegenwart des beredten Poeten.

„Nur dein ist mein ganzes Herz, glaube mir, das ist kein Scherz", raunte er mir soeben ins Ohr, er konnte es nicht lassen, mich mit seinen Reimen zu belustigen.

Bald drangen Gerüchte von dreisten Überfällen auf Fürsten und Grafenhöfe zu uns durch, an denen auch mein Gatte beteiligt sein sollte.

Die Bevölkerung war in Aufruhr.

Meinen Gatten bekam ich nur in den Nachtstunden zu sehen.

„Was treibst du nur den lieben langen Tag, während andere Männer ihrer Arbeit nachgehen. Was trägst du zum Haushalt Bei. Bist du etwa der Räuberhauptmann, der die Gegend in Unruhe und Schrecken versetzt?"

„Ach meine Kleine, ich trage nur Sorge dafür, das du auch künftighin, in sorglosem Luxus leben wirst, denn wisse, ich bin hier nicht erbberechtigt".

„Obgleich ich doch der Haupterbe sein müsste, hier bin ich ein

60

Niemand, ein Schmarotzer!"

„Und wenn, so nagen wir doch nicht am Hungertuch. Wir brauchen keine Reichtümer und ich benötige keinen Luxus, für mich musst du nicht plündern und brandschatzen. Vielmehr brauche ich einen Gatten, der für mich da ist, wenn ich ihn brauche!"

„Bah, - ich will Ruhm und Macht, will das man sich bis in alle Ewigkeit, meiner erinnert!"

„Ich will ein Grabmal mit einer bronzenen Statue, grösser und eindrucksvoller, als das meines Bruders!"

„Wenn ich schon mein Leben in der Fremde verbringen muss, gefangen von einem Weib, einem Weib das mich verhext und mir meinen Verstand geraubt hat!", ergänzte er leidenschaftlich.

„Längst schon hätte ich in meiner Heimat residieren können. Du bist mein großes Glück - Unglück und Verderben gleichermaßen, ich spüre es hier drin!", murmelte er und schlug sich vor die Stirn.

„Eines Tages werde ich"...

„Ach welch große Sprüche mein lieber Mann, so weis ich - du wirst nicht in die Geschichte eingehen und wenn, dann nur als irregeführter Unhold. Dein Wirken hier in deiner Zeit, erinnert an eine Jauchengrube die alles verseucht!"

„Ruhm und Ehre erlangt man durch ehrenhafte Taten, wofür also riskierst du dein Leben?", entgegnete ich resigniert.

„Du hast eine scharfe Zunge Frau, verstehst mich nicht, du mein angetrautes Weib, bist gegen mich eingenommen, bei

61

Gott ich sollte dich verstoßen!"

Er maß mich mit wilden Blicken und stieß mich brutal von sich. Ich kam ins Straucheln und fiel direkt in die Arme des alten Grafen, der auf dem Weg ins Speisezimmer, Zeuge unserer hitzigen Debatte wurde.

„Was ist das für ein unschickliches Betragen in meinem Hause!", entrüstete er sich.

„Ja, - neben dir zähle ich nicht", betonte Giesbert, „hier bin ich nur ein Eindringling, in deinem Hause, wie wahr, aber ihr werdet schon sehen, wenn ich…"

„Ach Junge, ich weis von deinen Freveltaten, du bringst unsere ehrbare Sippe in Verruf!"

„Ach ja, - die edle Sippe legt nur ihre Hände in den Schoß. Angsthasen und Versager, die ihr seid, und du Alter, missbilligst einen Mann der zu großen Taten aufbricht. Du dauerst mich, Feigling der du bist!", sagte er anmaßend.

„Du vergreifst dich im Ton Bürschchen, hast du vergessen, wen du vor dir hast?"

„Oh nein, einen alten Mann, der nur Reden schwingen kann und…"

„Schweig, vergiss dich nicht, es ist schon zu viel gesagt", warf ich dazwischen und zupfte ihm ungeduldig am Ärmel.

„Ach ich hätte ihn im Turm verrecken lassen sollen", hörte ich den Grafen noch murmeln, als er sich seinen Weg durch das neugierig lauschende Gesinde bahnte, „er ist unverschämt, zeigt keinen Respekt vor dem Alter", fügte er grummelnd hinzu.

62

„Bah, - ich bin kein dummer kleiner Knabe mehr, mit dem man wie mit einem Deppen umfährt. Ich bin ein gestandener Mann von vierzig Jahren", ereiferte er sich erregt.

„Ja ja, du bist mein Held, aber nun lass es gut sein, komm mein Göttergatte, lass uns die unschöne Angelegenheit bei einem Glas Wein begraben", wisperte ich.

Seltsame Geräusche weckten mich.

Giesbert schnarchte im Tiefschlaf neben mir. Einer Eingebung folgend, trat ich ans Fenster und rieb mir verschlafen die Augen. Was ich dort sah, verwunderte und erschreckte mich.

Ich sah merkwürdige Feuerbälle über den Hof in Richtung des Hauses fliegen. Einer landete auf dem Misthaufen, nahe der Stallungen und setzte ihn augenblicklich in leuchtende Flammen.

Eine Alarmglocke tönte in meinem Kopf.

Die Feuerbälle waren brennende Fackeln.

Man will uns ausräuchern.

„Sie wollen das Schloss in Brand stecken!", rief ich in Panik.

„Wach auf Giesbert, eile dich, es brennt, der Stall hat schon Feuer gefangen!"

Wie ein Pfeil schoss er aus dem Bett, riss die Tür auf und brüllte aus Leibeskräften in den Flur.

„Feuer – Feuer – verdammt, erhebt euch ihr Schlafmützen!"

Augenblicklich öffneten sich Türen und Fenster, Männlein und Weiblein stürmten in heller Aufregung das Treppenhaus.

Ich warf mir meinen wollenen Umhang über und beugte mich erneut aus dem Fenster.

63

Das Feuer loderte bereits lichterloh. Die Stallknechte schliefen offenbar noch, während die Flammen sich gierig weiterfraßen. Die ersten Gestalten stolperten aus dem Haus und rannten mit Eimern und allerlei Gefäßen bewaffnet zum Brunnen.

Im Nu hatte sich eine Kette gebildet.

Nun ist es also soweit, jetzt wird das eintreffen, was ich befürchtet habe, denn das Schloss ist nicht das Schloss, das ich kannte, es unterscheidet sich zu sehr von dem, in welchem ich einst residieren werde. Nur wusste ich nicht, wann es niederbrennen würde.

Mein Gott, heute wird es geschehen und ich werde als Zeitzeuge dabei sein, welch ein großer Moment.

Eine verheerende Feuersbrunst - die alles vernichten wird, stand geschrieben und ich werde alles hautnah miterleben.

Zum Glück habe ich das Schloss im Kasten, viele wunderbar gelungene Bilder. Kaum zu fassen, das ich in so einem Burgähnlichen Schloss um 13 hundert, gelebt habe, werde ich später denken.

Die Bilder jedoch, waren von unschätzbarem Wert, ich muss sie beizeiten in Sicherheit bringen.

Ich wusste, dass das Schloss, noch 13 Hundert wiederaufgebaut, jedoch eine andere Gestalt bekommen würde.

Um Himmelswillen, dachte ich erschrocken und schämte mich meiner heroischen Gedanken, ein Ruck ging durch meinen Körper, jetzt wird jede helfende Hand benötigt, dachte ich und eilte ebenfalls in die kalte Nacht, um meine Hilfe beizusteuern.

Wenn es zunächst auch hoffnungslos erschien, so konnten wir doch die angrenzenden Ställe vor der totalen Vernichtung erhalten.

Nur wenige der Federviecher konnten sich retten, sie flatterten panisch kreischend in die Freiheit.

Am Himmel zeigte sich das erste Licht, als wir uns erschöpft in der Halle versammelten, alle redeten aufgeregt durcheinander.

Ich vermisste meinen Gatten unter den Anwesenden.

Vermutlich hatte er sich längst wieder in das warme Bett verkrochen.

Doch unser Schlafgemach war leer. Schulterzuckend begab ich mich frierend zu Bett.

So ist es also doch nicht heute geschehen, denn ich war nicht ausersehen, die Vergangenheit zu korrigieren, überlegte ich.

Die Erschöpfung ließ mich bald in wirre Träume versinken.

Ein Poltern riss mich aus dumpfen Tiefen.

„Ich habe sie erwischt, sie haben die gerechte Strafe erhalten", triumphierte mein Gemahl.

„Du hast sie verfolgt und getötet," hauchte ich schlaftrunken.

„Oh - du bringst uns in Teufelsküche in deinem Übereifer, hier ist doch nicht der Wilde - Westen, wo ein jeder sein Recht bis zum Tode erstreitet!

Die Büttel werden kommen und dich zur Rechenschaft ziehen, für dein eigenmächtiges Handeln. Wir brauchen keine Reichtümer, die auf Blut aufgebaut sind", fügte ich hinzu.

„Du fällst mir mal wieder in den Rücken Weib, weist du denn

nicht, dass ich das alles nur für dich tue?", brauste er auf.
„Nein Gott bewahre, ich habe Verständnis für dein Vorgehen,
aber ich fürchte der Richter hat eine andere Sicht der Dinge,
auch du musst dich an das bestehende Recht halten".
„Du hast Blut an den Händen, wasch es dir ab und verspreche
mir von Stund an, ein ehrbares Leben zu führen!"
„Ja ja, predige nur wie ein Pfaffe, aber du wirst mich nicht
Umkrempeln. Einen ehrbaren Langweiler will sie", bellte er
und ließ sich auf das Bett fallen.
Ein durchdringendes Schnarchen zeigte mir, das all meine
Ermahnungen vergebens sein würden, er war und blieb, der
leibhaftige - Erbe Satans - der ersten Generation.
Unsere verspätete Nachtruhe währte nicht lange. Ich glaubte
kaum eingeschlafen zu sein, als ich laute Stimmen und
schwere Schritte auf dem Gang, sich unserer Tür nähern
hörte.
Ich hielt den Atem an, rüttelte Giesbert wach und lauschte,
mit einem unguten Gefühl des Unheils, das auf uns einstürzen
würde.
Giesbert schlüpfte in großer Eile in seine Kleidung, darauf
gefasst, jeden Moment gepackt und abgeführt zu werden.
Ich sah seine Hände zittern, seine Augen mit irrem Blick auf
die Tür gerichtet.
„Sie werden mich hängen", stammelte er mit bebender
Stimme, „so sei es denn, ich bin bereit, Lebe wohl mein
Sonnenschein, meine über alles Geliebte, – das ist also
unser Ende!"

66

„Geh nicht zu Tür, warte noch mein Gatte", flehte ich ihn an, warf mich in seine Arme und hinderte ihn so am Gehen.

Die Stimmen vor der Tür wurden leiser und entfernten sich schließlich.

Wir verharrten in ängstlicher Umklammerung.

Der alte Graf hatte auf seine Bettruhe verzichtet, hatte keinen Schlaf gefunden nach der nervenaufreibenden Aktion.

So hatte er sich, aufgewühlt, mit bebenden Gliedern in seine Bibliothek zurückgezogen, dort döste er vor einem Becher Wein, als er die polternden Eindringlinge hörte.

Ärgerlich über die Störung, erhob er sich und öffnete die Tür.

„Was ist los, was fällt euch ein, mein Haus ohne Aufforderung zu betreten".

„Ach ihr seid es mein Freund!"

„Ich bin untröstlich euch so überfallen zu müssen, aber mein Amt zwingt mich zu dieser Maßnahme, ich muss zugeben, wir kommen in einer unangenehmen Mission Graf", stammelte der Schultheiß, „ihr beherbergt hier einen Mörder, hinter euren Mauern, wo habt ihr ihn versteckt?

Es ist eure Pflicht den Schurken unverzüglich auszuliefern!"

„Wen soll ich ausliefern?", donnerte der Alte aufgebracht.

„Ist die Rede von meinem Cousin? Wisst ihr denn von wem ihr sprecht, er ist der direkte Nachkomme des kaiserlichen Kreuzritters Georg dem Ersten, Herrscher über ein gigantisches Fürstentum im Süden des Landes!"

„Ein Sohn des legendären Georg" sagt ihr, meines Wissens hat der Besagte vor etwa 200 Jahren geherrscht und ihr

67

behauptet"….

„Wollt ihr meine Worte anzweifeln, ungläubiger Ignorant der ihr seid!"

„Das steht mir nicht zu, aber dennoch hat er sich eines schrecklichen Verbrechens schuldig gemacht!"

„Bah – er hat unser Anwesen vor dem Feuer durch Brandstiftung bewahrt, ein Stall ist niedergebrannt, schlimmeres konnte er durch sein beherztes Eingreifen verhindern. Diese Schurken haben allemal den Tod verdient!"

„Das mag wohl sein, aber mir sind noch andere Gräueltaten eures heißblütigen Verwandten zu Ohren gekommen".

„Nun mal ehrlich, im eigenen Bezirk zu plündern, selbst wenn es sich um einen hohen Markgrafen handelt, sind es schwere Straftaten und müssen geahndet werden!"

„Ach diese läppischen Kindereien, waren nur eine Probe seiner Macht, denn wisset, sein Bruder ist der ehrbare Erbauer dieses Schlosses. Sein Grabstein prangt unübersehbar vor dem Friedhof, er hat also jedes Recht, unser Eigentum zu verteidigen!"

Der Schultheiß prustete nervös und fuhr sich mit bebenden Fingern durchs Gesicht.

„Ihr verwirrt mich Graf, was ihr mir offenbart, geht mir über meinen Horizont. Dennoch muss ich meinem Befehl folgeleisten, führt mich also zu seinem Versteck!", befahl er, sich räuspernd und machte sich eigenmächtig auf den Weg zu den Schlafgemächern im oberen Stockwerk.

Seine Büttel folgten ihm Erlebnishungrig.

„Was erlaubt ihr euch", bellte der Graf außer sich, vor Zorn und stapfte ihm fluchend hinterdrein.

„Meine Leibgarde und mein persönliches Regiment steht gegen eure läppischen Hanswurste, die nicht mal die Muckis haben ein edles, gut geschmiedetes Schwert zu führen, also verlasst auf der Stelle mein Haus!"

„Gemach gemach, beruhigt euch, für heute habt ihr gewonnen, so lass ich für Erste Gnade vor Recht ergehen, aber sollte mir noch eine Schandtat zu Ohren kommen, muss ich meines Amtes walten!", knurrte er kleinlaut und zog sich widerwillig zurück.

Das Donnerwetter blieb nicht aus.

Giesbert musste eine niederschmetternde Strafpredig über sich ergehen lassen.

„Du bringst uns in Verruf mit deinen Eigenmächtigkeiten, fortan wirst du dich an die gegebenen Gesetze und Sitten halten, mein Bürschchen!

Dieses Mal habe ich deinen Kopf noch aus der Schlinge ziehen können, ordne dich gefälligst unter", polterte der Alte und betupfte sich aufstöhnend die Stirn.

„Bürschchen nennst du mich", griff der Jüngere empört die letzten Worte auf. Jch bin ein Mann, als Kämpfer erzogen, ein Kreuzritter hohen Ranges!

Soll ich mit den Weibern hinter dem Ofen hockend mein Leben fristen, verlangt ihr das von mir alter Mann?", konnte er sich nicht enthalten heraus zu sprühen.

„Du magst ein Ritter sein in deinem Reich, hier aber hast du dich meinem Willen unterzuordnen und dich einzufügen. Ich habe lange genug für Recht und Ordnung gekämpft, in meiner Grafschaft herrscht endlich Frieden".

„Ha – was weist du schon, was im Lande vor sich geht, die Bauern hungern und murren, weist du nichts von den Überfällen, die auf uns geplant ist?"

„Einen Überfall des niederen Volkes kann ich allemal abwehren, meine Armee ist gut gerüstet. Wenn es dazu kommen sollte, kannst du deinen Heldenmut zur Genüge unter Beweis stellen!"

„Ihr wollt also die Hände in den Schoß legen und warten? Wo sind denn eure mächtigen Truppen, wir müssen aufrüsten und eine Strategie ausarbeiten, mein Gott, was seid ihr nur für Schlafmützen und Memmen!"

„Genug jetzt du Hitzkopf und Aufrührer schweig, es ist alles gesagt", trumpfte der Alte rechthaberisch auf und wies uns energisch die Tür.

Giesbert erhob sich wutbebend und setzte unbeholfen zu einem letzten Versuch an, seine Meinung kundzutun, doch der Alte hatte sich längst abgewendet.

„Er will nicht wahrhaben, das die scheinbare Ruhe nur trügerisch ist, die Ruhe vor dem Sturm", murmelte mein Gatte resigniert, als wir uns durch den dunklen Gang entfernten.

Ein milder Frühsommertag lag über dem Land.
Mein dritter Sommer in der falschen Zeit. Meine Geduld war erschöpft, ich sehnte mich unsäglich nach meinem alten Leben.

Meine kostbaren Mitbringsel, an die ich gewohnt, waren aufgebraucht. Crems, Shampoo, Deo und Duftseife, Kaffee, spezielle Gewürze und Arzneien, luftige Unterwäsche, Strümpfe und wärmende Leggins, Batterien für die Taschenlampe, einen neuen Film für die Kamera, Toilettenpapier, Desinfektionsmittel. All das ging zu Neige.

Ich sollte mich des Nachts heimlich davonstehlen.

Doch ich wusste nie vorher von den Plänen Giesberts, denn gelegentlich verbrachte er selbst die Nächte außer Haus, ohne mich über seinen Verbleib zu informieren.

Wäre er ein aufmerksamer Beobachter, hätte er die sprechenden Blicke meines Gesprächspartners gesehen und gedeutet, denn sein Denken und Streben galt allein seinen Kampfstrategien!

Noch hielt Amadeus stets den gebührenden Abstand. Wir führten geistreiche Gespräche, die meinen Gatten bald langweilten und einen Grund gaben, sich zurück zu ziehen.

Die ständige Abwesenheit meines Angetrauten kränkte mich schon lange nicht mehr, im Gegenteil, sie kam mir recht gelegen.

Soll er nur gehen wohin er mag, wenn er Meiner überdrüssig ist, so werde ich mich arrangieren.

Auch heute war ich allein erwacht.

Wie jeden Tag, gab ich die nötigen Anweisungen in der Küche, später ließ ich mein Pferd satteln und traf im Hof auf den schon ungeduldig wartenden Amadeus.

„Euer lieber Gatte vernachlässigt euch sträflich, ich hingegen bin immer für euch da, wenn ihr mich braucht. Ich würde euch nie tagelang allein lassen", beteuerte er mir, als wir unseren Weg in Richtung des Sees aufnahmen.

„Lass uns heute durch die Dörfer gen Westen reiten, die ewig gleiche Tour langweilt mich", schmollte ich und zügelte mein Pferd.

„Schenkt mir einen Kuss, so werde ich euch durch die Dörfer führen – bis ans Ende der Welt und wenn es sein muss auch zu eurem verdammten Berg begleiten!" Raunte er anzüglich.

„Nun gut, einen Kuss sollst du haben - als Belohnung , wenn du mich nur aus dem ewig gleichen Trott befreist", säuselte ich leichthin.

Wir nahmen also den entgegengesetzten Weg und erreichten alsbald den bewaldeten Fuß des Berges, meiner heimlichen Sehnsüchte.

„Nun, - was ist mit deinem Versprechen?" Raunte er fordernd, als wir absaßen und schlang besitzergreifend die Arme um mich.

Er erwies sich als Galan und einfühlsamer Zeitgenosse, nicht nur in der Öffentlichkeit, so war er auch in der Praxis der sinnlich – heimlichen erotischen Spiele äußerst bewandert.

Es blieb nicht bei einem harmlosen Kuss, überwältigt von unterdrückten Gefühlen, geschah was unausweichlich war.

Wir fielen übereinander her, berauscht und liebestrunken, vergaßen wir die Zeit.

Es sollte nicht bei dieser einmaligen Ausschweifung bleiben,

72

viele heiße Schäferstündchen folgten darauf. Wir fanden stets ein geeignetes Plätzchen, an dem wir uns unsere übersprudelnde Liebe beteuerten und auslebten.

Da uns nur wenig Zeit zur Verfügung stand, blieben die überschwänglichen, berauschenden Emotionen frisch, nutzten sich nicht ab.

Gleichwohl war es meinerseits keine Liebe, sondern kaum mehr als ein körperliches Verlangen, begehrt und in starken Männerarmen Erfüllung zu finden.

Im Schloss hielten wir uns auf Abstand, führten lediglich aktuelle, unverfängliche Gespräche, welche meinen Gatten schnell langweilten.

Noch schöpfte er keinen Verdacht, zu viel Anderes ging in seinem Kopf herum, was noch gerichtet und durchdacht werden müsste.

Amadeus hingegen hatte anderes im Sinn.

In seiner Verliebtheit, drängte er mich täglich, meinen Gatten zu verlassen und mit ihm fortzugehen, denn wenn der gehörnte Gatte uns auf die Schliche kommt, so hat er das Recht, mich zu töten! Von dem er mit Sicherheit Gebrauch machen würde, war meinem Liebhaber klar.

„Wo solltest du mit mir hingehen, du bist doch der Erbprinz von diesem Schloss und später Landgraf – Landesvater in diesem Bezirk", bekräftigte ich meine Zweifel.

„Ja ja, später werde ich mich zur Ruhe setzen und nur noch Graf sein, wie schön wäre es doch, wärst du dann noch an meiner Seite!"

Da ich mich nie beklagte, sah mein Gatte keinen Anlass, seinen Lebenswandel zu ändern.

Ich war es zufrieden, wie er, meine eigenen Wege zu gehen.

So glaubte ich, die Kluft zwischen uns, mit jedem Tag tiefer, glaubte an eine Entfremdung, die Anzeichen einer baldigen Trennung zu sehen, das er sich in Kürze von mir abwenden würde. Nun, ich darbte nicht vor Gram. Bald ist meine Zeit gekommen zu gehen.

Ihm jedoch, kam nie die Idee, sie zu verlassen, warum auch. War sie nicht das Glück seines Lebens - ein Rasseweib nur für ihn geschaffen. Sie ist sein, wartet auf ihn, ist immer für ihn da, Allezeit!

Auf dem Heimweg konnte er es kaum erwarten sie zu sehen, er trieb seinen Hengst an, oh wie er sich freute, wieder bei ihr zu sein.

Er wusste sehr wohl, das er sie vernachlässigte, aber das würde sich bald ändern nach der großen Schlacht, die unmittelbar bevorstand.

Er übergab sein Pferd dem Stallburschen.

Mit weitausholenden Schritten überquerte er den Hof.

In der Halle empfing ihn Lachen und scherzhafte Zurufe, doch sie ist nicht zu sehen - wo ist sie?

Seine euphorische Stimmung schlägt in Enttäuschung um, als er sie auch in der Küche nicht findet.

„Wo ist sie, meine Gattin?", ruft er ungehalten.

„Ach die wehrte Frau Gemahlin ist ausgeritten", entgegnete eines der Küchenmädchen verschämt.

„So so, ausgeritten ist sie, wann war das?"

„Oh, nach dem Mittagessen glaube ich".

„Wie – was sagst du dumme Gans, du faselst irres Zeug, das ist ja schon 5 Stunden her!"

„Doch so war es, ich habe sie auch gesehen, mit dem jungen Grafen ist sie vom Hof geritten", bestätigte ein Knecht, der mit seinen Kumpanen am Tisch hockte und auf sein Abendessen wartete.

„Ja und ich habe ihre Pferde gesattelt", meldete sich der Stallbursche zu Wort.

„Es muss etwas geschehen sein", murmelte Giesbert, doch in Wahrheit sah er seinen längst gehegten Verdacht bestätigt. Eine unbändige Wut kochte in ihm auf, alles was er bisher verdrängte und als unmöglich abgetan hatte, loderte in wüsten Vorstellungen vor seinen Augen.

Sollte sein trautes Weib ihm Hörner aufgesetzt haben, das wäre ungeheuerlich.

„Welche Richtung haben sie genommen?", fragte er, bebend vor Zorn.

Allgemeines Schulterzucken, war die unbefriedigende Antwort.

„Wir müssen sie suchen, jetzt auf der Stelle, los los, ihr nichtsnutzigen Kerle, erhebt eure faulen Hintern!", grollte er.

„Aber Herr, wir"…

„Befolgt gefälligst meinem Befehl, bevor es dunkel wird oder habt ihr was mit den Ohren!"

75

Widerstrebend erhoben sie sich von dem Tisch, an dem soeben die Speisen aufgetragen wurden und trotteten missmutig auf den Hof.

Erhitzt und berauscht von dem wilden Ritt, das Kribbeln des Liebestaumels noch spürend, erwartete uns der Tumult auf dem Hof, als wir das Tor passierten.
„Was ist geschehen mein Gatte?", fragte ich scheinheilig, als ich seiner ansichtig wurde. Doch sein wutverzerrtes Gesicht ließ mich Böses ahnen.
„Wo treibst du dich herum", donnerte er zähneknirschend und zerrte mich brutal vom Pferd, „he, - antworte gefälligst!"
„Was ist das für ein ungebührlicher Empfang und was soll das ganze Durcheinander hier, ich dachte du freust dich mich zu sehen. Wir haben deinen Verwandten einen Besuch abgestattet", log ich.
„Sie lassen dich herzlich grüßen, oder willst du mir ein bisschen Geselligkeit verwehren, soll ich in diesem gottverlassenen Gemäuer versauern, währen du dich anderen zuwendest?"
„Warum schaust du so, - du glaubst doch nicht etwa, – nein das kannst du nicht wirklich denken!", säuselte ich, hakte mich bei ihm ein und strich ihm besänftigend über den Arm.
Die Vorstellung, sie mit einem anderen in ekstatischer Lust, zuckend und stöhnend, verschlungen, hemmungslos sich hingebend zu wissen, war zu ungeheuerlich, undenkbar - war sie doch sein Eigentum.
Wir müssen ihn in Sicherheit wiegen und vorsichtig sein.

76

Doch die Aussicht auf ein wenig Freiheit, Abwechslung und Vergnügen lockte und führte uns bald wieder auf schlüpfrige Abwege.

Nach wie vor zog es mich magisch zu dem Berge mit der gewissen Höhle, doch mir war nicht klar, wie ich ihn überreden sollte, mich allein den letzten Weg gehen zu lassen, denn den Weg in den Zeitkanal, musste ich alleine gehen.

Es ergab sich, das wir im besagten Ort am Fuße des Berges auf einen Verwandten stießen, der uns mit freudigem „Hallo" begrüßte.

Es war eben Jener, dessen Hochzeit wir im vergangenen Jahr gefeiert hatten - der uns nun überschwänglich schwätzend, zu einem Gastmahl einlud.

Nach kurzem Zögern nahmen wir die Einladung an.

„Geh nur schon, ich werde mich noch ein wenig im Ort meiner Heimat umschauen!", ermutigte ich meinen Begleiter.

Endlich sah ich meine Chance gekommen, ich durfte sie nicht ungenutzt verstreichen lassen.

Kaum das sie mir den Rücken gekehrt hatten, begann ich zu laufen und den Berg zu erklimmen.

Bald geriet ich außer Atem, denn ich war die Anstrengung nicht mehr gewöhnt. Prustend näherte ich mich der Höhle, welche solange Zeit schon mein Schicksal bestimmte.

Ich beamte mich in das Jahr 2040.

Mein ersehntes Ziel war das große Einkaufscenter, es erschien mir wie das Schlaraffenland, nach dem entbehrungsreichen

Leben des 13. Jahrhunderts. Zunächst stand ich wie geblendet in dem ungewohnten Trubel vor den überquellenden Auslagen und bestaunte die üppigen Angebote, die sich meinen Augen darboten.

Ist das noch meine Welt oder träume ich nur?

Doch schnell hatte mich der Kaufrausch erfasst. Ich besorgte alles was ich solange hatte entbehren müssen.

Die Zeit drängte.

Ich könnte hierbleiben, ging es mir durch den Kopf, doch ich besann mich meiner ausweglosen Lage.

Alles würde nur noch schlimmer werden. Es ist nicht aller Tage Abend, die Zeit, meine Zeit war noch nicht gekommen, noch nicht.

Widerstrebend nahm ich den Weg zurück und deponierte meine Einkäufe zunächst in der kleinen Grotte am Fuße des Berges.

Noch konnte ich meinen Liebsten aufsuchen für eine leidenschaftliche Umarmung, doch ich könnte es nicht ertragen ihn wieder verlassen zu müssen.

So begab ich mich notgedrungen in das Haus der Verwandten.

„Ich dachte schon, du kommst gar nicht mehr wieder, wir müssen aufbrechen", empfing mich Amadeus unruhig wartend.

„Wir haben wichtige Besorgungen erledigen müssen", klärte ich die erstaunt, gaffende Belegschaft auf.

Doch über die merkwürdigen Plastiktaschen, wusste ich keine befriedigende Erklärung abzugeben.

„Eine neue Erfindung aus Amerika", sagte ich, schulterzuckend.

„Amerika, wo ist der Ort?"

„Ach Amerika gibt es ja noch gar nicht, es ist ja noch nicht entdeckt", murmelte ich, dümmlich kichernd.

So hielten die ominösen Plastiktüten bereits im Jahre 1353 ihren Einzug.

Meine Neuanschaffungen verwahrte ich gewissenhaft in einer geheimen Truhe, die ich verschließen konnte.

Nun vermochte ich wieder nach Belieben Fotos zu schießen und somit die Vergangenheit in Bildern einzufangen und festzuhalten, später würde ich sie staunend betrachten, mit dem Wissen, all das Sonderbare selbst erlebt zu haben.

Exorbitantische Zeugnisse dieser fernen längst vergangenen Zeit, lebensnah, bunt und echt in allen Details.

Oh welch unglaubliche Schätze. Doch in der neuen Zeit, in der es möglich ist allerlei Illusionen künstlich zu schaffen, behielten sie nicht mehr den ihnen gebührenden Wert.

Sinnend stand ich am Fenster und schaute in den Hof, der von einer schützenden Mauer umgeben war, sah den tiefen Wassergraben, der das Haus umschloss, betrachtete die hölzerne Zugbrücke, die leichtsinnig immer herabgelassen war, seitdem ich einst Einzug gehalten hatte.

Vermutlich funktioniert sie gar nicht mehr.

Ich stellte mir vor, wie sie heraufgezogen, alle die sie gerade betreten hatten, in das modrige Wasser stürzten ließ, welch ein Geschrei und Entsetzen.

Ein Schauer lief mir über den Rücken und ließ mich frösteln.

Giesbert hatte schon fast eine Woche das Haus nur Stundenweise verlassen.

Nachdem wir mit vollgepackten Satteltaschen verspätet heimgekommen waren und die seltsamen gummiarten Behältnisse unter den staunenden Blicken ins Haus geschafft hatten.

Jene Plastiktüten die es noch lange nicht geben würde, hatten somit Einzug in die alte Zeit gehalten, ein unbekannter, lästiger Unrat.

Hatte Giesbert Lunte gerochen?, Oder gab es einen ganz anderen Grund für seine ungewohnte Häuslichkeit.

Er wusste sich im Haus und Hof nicht zu beschäftigen und trottete mir ruhelos hinterher, wohin auch immer ich ging.

Auf meine Fragen nach seiner plötzlichen Biederkeit, gab er nur ausweichende Antwort wie etwa: „Er wolle mich besser beschützen".

„Wovor um alles in der Welt, musst du mich beschützen?"

„Vor allem Unbill der dir widerfahren könnte", antwortete er mit einem seltsamen Blick und schloss mich spontan in seine Arme.

„Was ist mit dir, du brütest doch etwas aus?"

„Nun ja, ich bin auf der Hut falls irgendetwas unvorhergesehenes geschieht", tat er meine Fragen ausweichend ab.

„Ach was sollte mir hier schon geschehen, gibt es nicht

genügend Männer die mich bewachen?"

„Mir allein obliegt es, mein kostbarstes Gut selber zu beschützen", beharrte er hartnäckig.

„Ich möchte bald glauben, das dir tatsächlich an mir gelegen ist", murmelte ich in mich hinein.

Kapitel 6: Nächtlicher Angriff

Ein ohrenbetäubender Donner weckte mich. Ein furchtbares
Krachen ließ die dicken Schlossmauern erzittern.
Ein schlimmes Gewitter, - nein eher ein Erdbeben, - oder was
geschieht hier?
Erschrocken griff ich nach Giesberts Arm, aber der Platz neben
mir war leer. Wollte er mich nicht stets beschützen? Doch
wenn ich ihn brauchte, war er nicht da.
Wieder krachte es, ich hörte die Mauersteine bersten.
Was um Himmelswillen geht hier vor?
Zitternd vor Grauen schlüpfte ich in meine Gewänder und eilte
ans Fenster.
Der Hof war belagert von etlichen, wüsten,
furchteinflößenden Gestalten, die sich aufgeregt Befehle
zuriefen.
Ich muss mich selbst verteidigen, ging es mir durch den Kopf.
In Panik, suchte ich nach meinem Colt, konnte ihn jedoch nicht
gleich finden.
So bleibt nur, mich zu verstecken, wenn sie kommen um mich
zu überwältigen. Die Tür wurde aufgerissen. Es ist bereits zu
spät, dachte ich verzweifelt.
In der offenen Tür stand der alte Graf. Mit wutverzerrtem
Gesicht, streckte er die Arme nach mir aus.
„Kommt Kleine, so kommt schnell, rettet euch, es gibt einen
Geheimgang!"
Ich muss meinen Colt finden, war er nicht immer hinter der

82

Truhe, überlegte ich fiberhaft, bückte mich und tastete ins Leere.

„So kommt doch endlich, törichtes Frauenzimmer, uns bleibt keine Zeit für unnützen Kram", knurrte er ungeduldig.

„Ja der Geheimgang", murmelte ich benommen und folgte ihm mit weichen Knien.

„Ich kenne den Geheimgang". Erinnerungen an ihn wurden wach. Oh ja, ich kannte ihn nur zu gut.

Auf den Stufen hinter der verborgenen Tür, wartete bereits die gesamte Sippe, ängstlich aneinandergedrängt.

„Ich werde mich Ihrer annehmen", vernahm ich die Stimme Amadeus.

Er löste sich aus dem Gewirr von Leibern und umfing mich, zog mich weiter die Stufen hinab und öffnete die Tür ins Freie.

Doch welch ein Schreck, dort wurden wir schon von den Schurken empfangen.

Laut lachend, zotige Sprüche grölend, ergriffen sie mich.

„Hier ist sie, die edle Dame", polterten sie, hämisch grinsend und zerrten mich von meinem Begleiter fort.

Der zog sich sogleich mit hängenden Armen zurück und starrte mir hilflos nach.

„Wollt ihr euch nicht wehren und kämpfen wie Männer?", rief ich erschüttert. Doch sie rührten sich nicht.

„So fahrt zur Hölle allesamt, Feiglinge die ihr seid", ergänzte ich, böse zischend.

„Ihr könnt die Aktion abbrechen Kumpels, wir haben Sie, greift euch die anderen Weiber", bellte der Oberbefehlshaber.

Starke Arme ergriffen mich, zerrten mich in ihre Mitte, aus der es kein Entrinnen gab.

Ich roch ihren widerlichen Schweißgestank, mir wurde übel, ich glaubte in Ohnmacht zu versinken.

„So helft mir doch", rief ich in höchster Not, doch keiner der edlen Sprösslinge rührte sich.

Oh lieber Gott, was geschieht nun mit mir, werden sie jetzt über mich herfallen, mich schänden und quälen bis zum Tode? Oder mich durch einen gnädigen Säbelhieb vor dieser Schmach bewahren? Dachte ich verzweifelt.

Meine Häscher schleppten mich gnadenlos weiter.

Jetzt erblickte ich die sagenhafte Bombarde, mit der sie das Schloss beschossen hatten.

„Wir haben die Schöne in unserer Gewalt und die mutigen Grafen haben sich allesamt kampflos ergeben!", riefen sie triumphierend den anderen zu.

„Also auf, blasst zum Abbruch!"

„Nicht so schnell", schallte es über den Platz zurück, „wir wollen das Schloss noch brennen sehen".

„Ja, - steckt es in Brand", grölten alle im Chor, „dann ziehen wir uns siegreich zurück!"

Voller Schrecken sah ich Sie, die lodernden Pfeile spannen und auf die offenen Fenster zielen.

Doch die brennenden Pfeile erreichten ihr Ziel nicht, die Schützen stürzten wie gefällte Bäume, selbst von Pfeilen hinterrücks getroffen.

Ein plötzlicher Tumult, Schreie in Todesangst, wirres

Schlachtgetümmel, Säbelhiebe, Speere flogen zischend durch die Luft.

Die Jäger wurden zu Gejagten.

Meine Verwirrung wuchs.

Jetzt sah ich die wackeren Kämpfer. Angeführt von meinem Gatten, drängten sie den übriggebliebenen Haufen zusammen.

Ein Überraschungsangriff aus heiterem Himmel, zwang meine großmäuligen Peiniger zur Aufgabe.

Doch sie gaben nicht auf, ließen mich nicht frei. Sie schoben mich als lebenden Schild vor sich her, um für sie die tödlichen Speere abzufangen.

Was dann geschah, erschien mir so unwirklich wie ein Wunder.

Ich hörte zwei Pistolenschüsse und wusste doch, dass es nicht sein konnte, denn das Schießpulver war ja noch gar nicht erfunden! Dennoch sackten meine Entführer getroffen zu Boden.

Wenig später fühlte ich mich aufgehoben. Befreit aus den Fängen der Schurken, spürte nun die schützenden Arme meines Gatten um mich.

Der Albtraum hatte ein Ende.

Schluchzend vor Anspannung und Erleichterung, überließ ich mich vertrauensvoll dem Schutze Giesbert, der mich auf seine Arme hob und törichte Koseworte murmelnd ins Haus trug.

Er bettete mich fürsorglich auf das Liegesofa, in dem großen unteren Wohnraum.

85

Plötzlich waren alle um mich und beugten sich besorgt über mich.

Ein Becher wurde gefüllt und mir an die Lippen gedrängt, als wäre nichts Außergewöhnliches geschehen.

Doch es war ungewöhnliches geschehen. Sie hatten mich in Stich gelassen, aus Feigheit, um ihre eigene Haut zu retten.

„Auch du Brutus, der mir Liebe vorgegaukelt hast, hast mich verraten!", hauchte ich bebend vor Enttäuschung und Zorn und stieß ihn angewidert von mir.

Durch das Fenster flackerte Feuer, Freudenfeuer, ich hörte die siegreichen Kämpfer euphorisch prahlend, sich mit ihren Heldentaten brüsten.

Sie feierten ausgiebig ihren Sieg.

Ein Fass wurde angestochen, ein Ochse auf dem Spieß über dem Feuer gebraten. Lachen und Gejole erfüllte den Hof, die Nacht wurde zum Tage.

Längst war das Haus leer, jeder wollte an der Siegesfeier teilhaben.

Ich erhob mich von meinem Lager und zog mich in mein Gemach zurück. Allein wie fast immer, streckte ich mich auf dem durchgelegenen Strohsack aus und versuchte meine wirren Gedanken zu ordnen.

Die Sonne war schon aufgegangen, als sich endlich Giesbert zu mir gesellte und in rührseliger Weinlaune zu erzählen begann.

„So mein Liebchen, nun hast du selber erlebt, was ich so lange schon versucht habe zu verhindern.

Ich weis, du hast mir nie vertraut, glaubtest ich vertrödele meinen Tag mit närrischem Zeitvertreib oder gar mit Liebesabenteuern".

„Ah, - ja du bist ein Heiliger, hast nie von verbotenen Früchten genascht", entgegnete ich spöttisch.

„Na ja, ein Heiliger bin ich gewiss nicht und einige flüchtige Amouren kann ich nicht leugnen, aber das war nie von Bedeutung, du allein bist es, die mich fesselt und aeh…
Nun gut, ich habe so manche Frucht gekostet, doch sattgegessen habe ich mich erst bei dir", gestand er verschämt.

„Ach wie tröstlich, soll ich nun dankbar sein, das ich auch noch vom Kuchen etwas abbekomme?
Ja schon gut", sprach ich weiter, „ich trage es dir nicht nach, obgleich es mich kränkt, das du es mit der ehelichen Treue nicht so genau nimmst, du bist ein Hurensohn übelster Sorte, ich sollte dich zum Teufel jagen!"

„Oh meine Kleine ist eifersüchtig, so glaub mir, diese alten Bettgeschichten sind Vergangenheit, nun gibt es nur noch dich für mich", säuselte er und bedachte mich mit einem reumütigen Hundeblick.

„Ja ja, aber verspreche, nicht was du nicht halten kannst. Doch das ist es sicher nicht was du mir sagen wolltest. So klär mich endlich auf, ich bin gespannt, wie es dir gelungen ist, diese tückische Revolte, die uns vernichten sollte, abzuwenden?"
Er nickte heftig und begann…

„So höre: Wir hatten durch unsere Späher Wind bekommen

das ein Überfall auf das gräfliche Anwesen geplant war, wir lagen schon lange auf der Lauer".

„Und tatsächlich bemerkten wir, was die Schurken im Schilde führten, schlichen ihnen nach, wiegten sie in Sicherheit, warteten auf den passenden Moment und griffen den überraschten Feind von Hinten an".

„So saßen sie wie die Kaninchen in der Falle und waren uns ausgeliefert!"

„Fünf dieser Bande, mussten dranglauben, die Restlichen sitzen gut verschlossen im Verließ und warten auf ihre Hinrichtung", sagte er mit Genugtuung und wartete auf eine anerkennende Reaktion von mir.

„Oh mein Gatte ist doch ein Held, der einzig Mutige unter dem ganzen Haufen hier, ich bewundere dich, nun hast du eine Belohnung verdient".

„Doch diese tückische Aktion, hätte auch nach hinten losgehen können, denn das war ein Spiel mit dem Feuer, denk nur, sie hätten mich töten können!"

„Oh nein, sie wollten dich Lebend um mich zu demütigen und erpressen zu können".

„Sie hätten mich also am Leben gelassen, doch was sie mit mir vorhatten, mag ich mir gar nicht ausmalen!"

„Ach gräme dich nicht, denn dazu wäre es niemals gekommen, wir waren ja rechtzeitig zu Stelle".

„Ja ja", murmelte ich zerstreut. „Aber eins gibt es noch, das ich nicht verstehe. Mir war, als hörte ich Pistolenschüsse, die meine Entführer gezielt, niederstreckten. Hast du dich etwa an meinem Colt vergriffen?

Und wenn, wie hast du so schnell das Schießen gelernt?"

„Nun, - dein mysteriöses Schießeisen, welches du so gut verborgen glaubtest, hat mir keine Ruhe gelassen, ich musste es testen", gestand er augenzwinkernd.

„Und - hat es nicht seinen Zweck erfüllt?"

„Du Gauner, du hast mich wehrlos meinen Häschern ausgeliefert, so das ich mich nicht selbst verteidigen konnte!"

„Aber aber, eine zarte Fee wie du, bedarf eines Beschützers wie mich, nun gewähr mir die versprochene Belohnung", murmelte er und löschte die Kerzen.

Kapitel 7: Das Versprechen

Bei Tageslicht erst, sahen wir die Zerstörung, welche der Beschuss angerichtet hatte. Der Schaden im Gemäuer hielt sich jedoch in Grenzen, das Schloss war mit dicken Außenmauern gut gerüstet.

„Ich habe schon nach einem Baumeister geschickt", bemerkte der alte Graf.

Über das unrühmliche Verhalten in den Stunden der Belagerung, wurde schamhaft geschwiegen, man ging wie gewohnt, wieder zur Tagesordnung über.

Amadeus gab sich zunächst Schuldbewusst, in der Hoffnung, ich würde sein feiges Betragen schnell vergessen, bedrängte er mich bald wieder mit Charme und übertriebener Galanterie.

Doch trotz aller Schwüre und Liebesbeteuerungen, konnte er bei mir nicht mehr Punkten.

Unsere zarten Fünkchen, aufgeglüht zum Feuer, hatten ein jähes Ende genommen. Nun war es Giesbert, der mit mir aisritt.

Seine blonde Mähne wehte im Winde, wenn er vor mir Kühn über die Heide preschte, ein erhabener Anblick der das Herz aufgehen ließ.

Alle weiblichen Wesen, von der Stallmagd bis zur stolzen Baroness, bekamen leuchtende Augen, wenn sie seiner Ansichtig wurden und schauten ihm verträumt hinterher.

Er ritt nie ohne seinen aufwendig verzierten Dolch vom Hofe, der gehörte zu ihm, wie sein obligatorischer Prinz Eisenherz Haarschnitt, den zu stutzen, ich als meine Aufgabe sah.

Ich sollte mich glücklich schätzen, doch ich wusste, dass sein Versprechen sich bald in Luft auflösen würde, dann bin ich ihm nur noch ein Klotz am Bein.

Sei es drum, es war nichts von Dauer, gleichwohl würde ich seine Begleitung nicht vermissen.

Die Zeit verging, ich wurde zunehmend unruhiger und unzufriedener mit den primitiven Leben in der falschen Zeit, in der ich gefangen war.

Lange würde ich es nicht mehr ertragen. Ich sehnte mich mehr und mehr nach meinem Liebsten, zu dem ich gehörte.

Rückte er auch oberflächlich betrachtet, in den Hintergrund, so war er doch stets bei mir, in meinem Herzen blieb er die Nummer 1 - Er, dessen wilde Seele ich einst gezähmt.

Er war es, mit dem ich täglich stumme Zwiesprache hielt, dessen Meinung zu allen unklaren Fragen und kniffligen Situationen, ich zu befolgen hoffte und somit in seinem Sinne und gesunden Menschenverstand, zu handeln vermochte.

Würde er auf mich warten, - so lange? Würde unsere Liebe die Prüfung überstehen?

Die Zeit verging, mein Gemahl hatte sein Versprechen, nur noch für mich da zu sein, nicht gehalten. Längst schwirrte er schon wieder von einer Biene zur Nächsten, wie ich vermutet hatte. Er würde sich niemals andern.

91

Ich bemerkte ein Tuscheln und mitleidige Blicke der Schlossbewohner.

„Die arme Frau, sie hat keinen Schimmer, was ihr Gemahl so treibt", hörte ich sie tuscheln.

Oh doch, ich wusste von seinen Vorlieben.

Bei Tisch war er ein aufmerksamer Charmeur.

Ich stellte mich weiterhin Ahnungslos, plauderte unbefangen, lächelte und amüsierte mich über die Faxen der halbwüchsigen 11 und 14-Jährigen Knaben, deren Erziehung nach dem frühen Ableben der Mutter, sehr zu wünschen übrig ließ.

Der alte Graf kränkelte seit einiger Zeit und war es müde, die jungen Söhne in ihre Schranken zu weisen.

Sie alberten und lärmten, stießen sich gegenseitig bis eine Schale scheppernd zu Boden fiel und zerbarst.

„Ruhe jetzt ihr Flegel, Schluss mit den Ungezogenheiten!", ereiferte sich Amadeus lautstark und klopfte energisch auf den Tisch.

„Ich habe etwas Wichtiges zu verkünden!"

„Hört alle gut zu und unterbrecht mich nicht, denn ich lasse mich nicht umstimmen, mein Entschluss steht fest".

„Also mein Bruder der Gottfried und ich, aeh, - also wir beiden machen uns auf, um die Welt zu erkunden und zu erobern. Hier ist es uns zu langweilig geworden. Wir wollen etwas erleben, die sagenhafte Burg unserer Vorväter, welche sich angeblich unterirdisch befinden soll, aufsuchen!"

„Die mystische Unterwelt, die angeblich ein ewiges Leben

verleihen kann und"...

„Woher habt ihr diese unsinnigen Weisheiten?", donnerte der alte Graf ärgerlich.

„Giesbert hat uns zur Genüge von seiner Heimat berichtet, dort ist das Leben noch urtümlich, wild und frei wie in alten Zeiten!", prahlte Gottfried.

„Urtümlich und wild, sagst du dummer Bengel. Was stellst du dir vor, gesetzlos und barbarisch", sage ich, „ihr werdet zu Landstreichern, Bettlern und Wegelagerern, ihr werdet im Sumpf versinken und elendig verrecken oder wovon wollt ihr leben?"

Nun, Amadeus wird sich als Geschichtenerzähler verdingen und ich als Minnesänger, ja das ist mein Wunsch, die unwissenden Menschen haben Bedarf an interessanten Geschichten und übertriebener Spinnereien, von Geistern und Wundern".

„Sie sind neugierig, wissen gar nichts von der Welt", meldete sich Amadeus zu Wort.

„Bah, - und du willst sie aufklären, was hast du denn schon erlebt, wovon du Geschichten erzählen könntest, du Hosenscheißer, du weist doch nur, eine ehrbare Frau vom rechten Wege abzubringen!"

„Wie du meinst, alter Herr", erwiderte Amadeus beleidigt und erhob sich wütend.

Sie ließen sich nicht von ihrem Vorhaben abbringen und zogen nach vielen gutgemeinten Ratschlägen von dannen.

„Wir kommen wieder, denn unser Schloss schwebt ja auf den

93

Wolken, dem Himmel so viel näher!", waren Amadeus letzten Worte ehe sie gingen.

„Jetzt bist du Sippenoberhaupt. Meine Kräfte lassen nach, ich hoffe du trägst die Verantwortung mit Vernunft und Würde, deinem hohen Rang entsprechend!", brummte der alte Graf müde und überdrüssig der ewigen Querelen und zog sich resigniert in seine Gemächer zurück.

„Was meint der Alte, das ich jetzt tun soll?", fragte Giesbert Irritiert. Soll ich nun den lieben langen Tag im Hause hocken und die Dienerschaft scheuchen?"

„Aber nein mein Lieber, geh du nur deiner Wege, ich werde das Kind schon schaukeln, auch ohne dich, du bist nutzlos, als Verwalter und Erhalter der gräflichen Sitten und Gepflogenheiten und ganz zu schweigen von deinem moralischen Vorbild. Aber wie schade", fügte ich im gleichen Atemzug, aufseufzend hinzu - „Nun werde ich mir einen neuen Liebhaber suchen müssen, bisher war es so bequem ihn im Hause immer zur Verfügung zu haben, wenn ich mich Vernachlässigt fühlte", murmelte ich übermütig und bereute meine Worte sogleich wieder.

„Was erdreistest du dich mir ins Gesicht zusagen. Du willst mich doch nur necken und reizen, sag, dass es nur ein Scherz ist!", fauchte er ungehalten, packte und schüttelte mich mit blitzenden Augen.

„Ja was glaubst du denn, meinst du ich warte nur auf dich und begnüge mich..."

„Oh du Miststück, du elende Hure", fiel er mir ins Wort und

94

erhob seine Hand gegen mich.

Der erste Schlag traf mich mit voller Wucht.

„Halt dich zurück, was sollen die Knaben von dir halten!", rief ich und duckte mich vor dem nächsten Hieb.

„Aber Onkel wie kannst du nur?" Ertönte die erboste Stimme des 12- jährigen Sprösslings hinter dem Tisch.

„Halts Maul du Hanswurst, ich habe jedes Recht sie zu züchtigen für ihre Vergehen. Verzieht euch ihr Klugschwätzer und spielt mit eurem Schaukelpferd. Fort mit euch oder soll ich euch Beine machen?"

„Nein du darfst sie nicht schlagen", heulte der Halbwüchsige, mein angenommener Ziehsohn, der mir besonders ans Herz gewachsen war und warf sich mutig zwischen uns.

„Nun gut, du läufst mir nicht weg, du wirst deiner gerechten Strafe nicht entgehen, du – du untreues Weib!", zischte er zwischen den Zähnen hervor und bedachte mich mit einem vernichteten Blick. Er stieß mich grob gegen die Wand und verließ wutschnaubend den Raum.

Das zukrachen der Tür, verhieß nichts Gutes.

Jetzt flüchtet er sich wieder zu einem seiner Liebchen, das gibt mir Zeit für einen Ausritt zum Berge in die andere Zeit, überlegte ich benommen.

Mein Kopf schwirrte von dem harten Schlag.

Ein Hassgefühl machte sich in mir breit, was erlaubte er sich, wenn er doch selbst sein Vergnügen anderswo auskostet.

Ich hatte keine Angst vor ein paar Ohrfeigen, doch wollte ich ihm nicht die Genugtuung verschaffen, für etwas dessen Recht er sich zusprach und mir vergönnte.

Ich sollte ihm einen Denkzettel verpassen, einen heilsamen Schock… Ja, - ich werde für zwei Tage verschwinden.

„Puh, - der flennt schon wieder wie ein Baby, kann es nicht sein, das der Kleine trotz seines aeh – Pullermannes ein Mädchen ist, Dame Carla?", riss mich der 14-jährige Siegwart aus meinen Überlegungen.

„So etwas gibt es viel öfters, als man glaubt", antwortete ich zerstreut, „aber unser Danny ist normal veranlagt.

Mit seinen 12-Jahren ist er ja noch lange nicht im Mannesalter, also darf er seine Emotionen noch zeigen und weinen, wenn ihm danach verlangt!"

„Vater sagt immer, Knaben die weinen sind Memmen, ebenso wie Männer, die ihre Weiber nicht im Zaum halten können. Also ich würde meine Gattin fürchterlich verprügeln, wenn sie es mit anderen treibt!"

Ich glaubte mich verhört zu haben und fragte betroffen: „Was hast du gerade gesagt?"

„Ach, - euch meine ich natürlich nicht, wie könnte ich von euch so etwas Ungeheuerliches behaupten, wo ihr doch rein wie ein Engel durch die Räume schwebt. Am Anfang dachten wir beide, der Danny und ich, ihr wärt ein Engel oder eine Elfe!"

Ist er nun naiv oder dreist und listig, dachte ich und musterte ihn.

„Nun ein Engel bin ich keineswegs, wohl eher eine Elfe aus dem Märchenland und nun konnte ich nicht so einfach wieder

96

zurück, bin hier in dieser rauen Welt gefangen, wie eine Fliege im Netz oder ein Vögelchen im Käfig", murmelte ich aufseufzend und eilte zur Tür.

Die Zeit lief mir davon.

Wenig später jagte ich befreit aufatmend in wildem Galopp auf meiner treuen Stute davon, durch die Dörfer dem Berg entgegen, stets darauf gefasst, aufgehalten und ergriffen zu werden.

Die Angst noch im letzten Moment eingefangen und an meinem Plan gehindert zu werden, saß mir ständig im Nacken.

Endlich erreichte ich den Berg.

Das Pferd konnte ich unbemerkt im Hof der Verwandten unterstellen, sie würden sich schon seiner annehmen, wusste ich und stapfte wie schon so oft in der Zukunft den Hang empor zu den Höhlen.

Ich widerstand dem unbändigen Drang, mich in die Arme meines Liebsten zu flüchten und beamte mich in das Jahr 2040.

Dort suchte ich das riesige Einkaufscenter auf und bezog meine Suite, die dort immer für mich reserviert war.

Hier fand ich endlich Ruhe und hatte Muße, über meine verzweifelte Lage nachzudenken.

Nach einem lang ersehnten, ausgiebigen Bad und einem köstlichen Mahl, solange vermisster Speisen, befriedigt aufatmend, stieg ich in eine bequeme Hose und ein legeres T-Shirt.

Einem plötzlichen Impuls folgend, war ich versucht das

97

scheußliche, einengende Kleid, welches ich unter einem Cape verborgen getragen hatte, in den Müll zu stopfen, besann mich jedoch rechtzeitig. Ich würde es ja noch brauchen.

Darauf mischte ich mich unter den Menschenstrom und wurde ein Teil von Ihnen.

Oh wie lange hatte ich dieses übersprudelnde Leben vermisst. Ich bestaunte ausgiebig die Auslagen - die überquellenden Angebote in den Regalen.

Meine Güte, wie lange hatte ich nur ohne dies alles auskommen und mich mit einer Zeit vor 700 Jahren begnügen können?

Doch schon bald war ich mir meiner Einsamkeit in der berauschenden Menschenmenge bewusst.

Die Hektik, der Lärm aus den Lautsprechern und das falsche, grelle künstliche Licht, begann mich zu nerven.

Warum nur waren all diese Menschen so in Eile. Warum hatten sie keine Zeit. Warum konnten sie den Fortschritt, die Errungenschaften der Zeit und den Luxus nicht genießen?

Wie armselig war der Anblick der ewig unzufriedenen, stets nach mehr strebenden Menschen, gleich Ameisen jagend, nach Irgendwas!

Frustriert suchte ich mir ein historisches Buch aus dem Regal, welches das Mittelalter beschrieb, zog mich auf mein Zimmer zurück und vertiefte mich in den Text.

Du lieber Himmel, wer auch immer das geschrieben haben mag, hatte keine Ahnung von dem wirklichen Leben in dieser Zeit, denn kein Sterblicher hat es selbst erlebt, um heute davon berichten zu können, - außer ich.

Die größten Probleme sind die Kleinigkeiten des täglichen Lebens, wie die fehlende Hygiene.

Ein Wasserklo mit weichem Toilettenpapier etwa, sowie die nicht vorhandenen Waschgelegenheiten, Seife und Arzneien und sei es nur eine banale Schmerztablette.

Darüber hinaus die von Wanzen und Flöhen wimmelnden Strohsäcke die als Betten dienten.

Oh ich konnte eine lange Liste des Entbehrten aufführen, wie das grob zerstampfte Getreide, welches als Mehl dienen sollte, nun ja, es war noch reines Vollkornmehl, auf das wir herum kauten.

Doch für heute wollte ich nur noch das weiche Daunenbett genießen, das Glas mit dem sprudelnden Sekt und die Lampe neben meinem Bett, die ich nach Belieben auf Knopfdruck aus und wieder einschalten konnte.

Giesbert hatte sich kochend vor Wut und Entrüstung auf seinen Hengst geschwungen und jagte in blindwütigen Zorn dem See entlang in Richtung des Waldes.

Er musste jetzt allein sein, wollte keinen Menschen sehen. Wie konnte sie ihm diese Schmach antun? Ihm, der jede Frau haben konnte.

Er würde sie windelweich prügeln, ihren Stolz brechen, für das was sie ihm angetan. Dann würde er sie nehmen, brutal, sie unterwerfen wie eine Stallmagd. Plötzlich hatte er große Eile umzukehren, um zu tun was ein richtiger Mann tun musste. Ungestüm riss er die Tür zu ihrer Kemenate auf und polterte in den Raum.

Fassungslos stand er in der leeren Kammer, vor dem unberührten Bett. Wild zerrte er die Decke von der Matratze.

Das kann doch nicht sein, sicher hockte sie wieder im Herrenzimmer vor den Schriftrollen, die sie so faszinierten oder sie hatte sich irgendwo versteckt.

Er hätte ihr keine Prügel androhen sollen, nun ängstigte sie sich vor ihm, seine Kleine. Er würde ihr kein Haar krümmen, wenn sie doch nur kommen würde.

Ein schrecklicher Verdacht machte sich in ihm breit.

Alle Räume hatte er vergeblich nach ihr abgesucht, seine Hoffnung sie zu finden schwand, als er sie auch im Schlafgemach der Knaben, denen sie allabendlich eine Nachtgeschichte erzählte, nicht fand.

Längst waren alle Geräusche im Haus verstummt. Verzagt kauerte er auf ihrem gemeinsamen Schlafplatz und fand keine Ruhe.

Die Nachtstunden schlichen dahin. Das Warten zermürbte ihn. Noch nie hatte er eine Nacht ohne sie erlebt, die vielen Jahre in diesem Gemäuer.

Längst hatte er einen Entschluss gefasst. Er würde sie suchen und finden, er ahnte, wusste wo er sie suchen musste. Noch vor Sonnenaufgang machte er sich auf den Weg.

Kapitel 8:   Die andere Welt

Es war ihm gelungen mit Hilfe der Zahl, die er sich eingeprägt hatte, durch die Höhle in die andere Welt zu gelangen.

Auch gelang es ihm, diesen arroganten, hochgebildeten Hünen ausfindig zu machen, neben ihm kam er sich wie ein unwissenden Zwerg vor, denn er reichte ihm allenfalls bis zur Schulter.

Eigentlich war er ein netter Kerl, doch völlig ahnungslos, konnte der sich an keine der Gegebenheiten erinnern, denn sie hatten ja noch gar nicht stattgefunden. Er war, ohne es zu ahnen, einen Monat vor dem Geschehen, in die Zeit gekommen.

Er wusste nicht, das die Zahl nur eine gewisse Jahreszahl war und er somit immer wieder, das selbe Jahr erreichen würde.

In der Realität aber, waren seitdem fast zwei Jahre vergangen.

Seine Verwirrung wuchs, doch er wollte sein Scheitern nicht wahrnehmen, glaubte, alles würde sich einlenken.

So lief er durch die Straßen in dieser fremden Welt, auf der Suche nach ihr.

Alle Passanten aber mieden ihn, wie den Leibhaftigen - sie wechselten die Straßenseite vor dem verkleideten Streuner.

Dann blieben sie stehen und schauten ihm kopfschüttelnd hinterher.

Auch er blieb stehen.

„Was glotzt ihr so?" „Buh", machte er, schnitt eine Grimasse und zog die Ohren lang.

„Bin ich ein Hofnarr, ein Gaukler, nur, weil meine Kleidung so ganz anders ist als die Eure?"

Nun ja, die Beinlinge der Männer sind eleganter, doch völlig unpraktisch, wenn man den Piephahn schnell befreien muss, um Wasser zu lassen und naja… Und darüber hinaus, die unbequemen einengenden Gewänder, welche sie Jacken nennen.

Auch seine Kleine trug mit Vorliebe solche Jacken auf ihren Ausritten. Ein Kleidungsstück mit eigenartigen, münzähnlichen Verschlüssen, welche sie als Knöpfe bezeichneten.

Einmal erwischte er sie in ihrer Kammer, vor dem einzigen Spiegel im Haus, in diesen merkwürdigen Männerkleidern aus der anderen Welt, die ihre weiblichen Reize freigaben und zur Schau stellten, als wäre sie Nackt.

Heiland im Himmel, war das ein groteskes Bild, nie würde er diesen Anblick vergessen. Ein Vollweib, wie es weiblicher nicht sein konnte.

In Männerbeinkleider gepfercht, wirkte sie dennoch unglaublich weiblich aufreizend. Die köstlichen Rundungen, die stets unter den Röcken verborgen und nur seine Augen und Sinne beflügeln durften, ließen sie trotz des festen Tuches, unbekleidet erscheinen.

Ein Anblick, der ihn fesselte und umwarf, doch nur ihm allein gebührte.

So verwehrte er ihr, jemals in dieser Aufmachung, auch nur einen Schritt aus ihren Gemächer zu wagen!

Er verlor sich in Erinnerungen. Aufseufzend betrachtete er wohlgemach, seinen wallenden Umhang, der sich im Wind aufbauschte.

Ach ja, es war eben eine andere Welt die er betreten hatte. Doch die äußere Fassade war unwichtig, viel wichtiger waren die Menschen unter der Außenschicht.

Zwei Tage irrte er durch die Dörfer, die ihm irgendwie bekannt vorkamen und dennoch so fremd und anders erschienen, auf der Suche nach ihr.

Wo war sie nur?

Wäre er nur zwei Orte weitermarschiert, hätte er den Schock seines Lebens erlitten.

Das Schloss, seine Residenz nun schon seit mehr als 3 Jahren, würde sich plötzlich in beträchtlich, veränderter Form, ohne Zugbrücke und Wassergraben seinen Augen darbieten.

Mit 5 Türmen statt der 3 und ohne schützende Mauer, welche das Schloss einst völlig umgab und so zur Festung machte.

Sie bestand nur noch auf der Rückseite, als Windschutz für den Gemüsegarten.

Ein überdimensionales schmiedeeisernes Tor, gab den Blick frei auf einen gepflasterten Hof und das hochherrschaftliche Portal.

Vor dem Portal stand ein Kunstwerk von einer Kutsche und daneben ein merkwürdiges Gefährt, das einzuordnen er nicht fähig gewesen wäre - ein Automobil, herrlich anzusehen, glänzend rot lackiert, aus Chrom und Stahl.

Er lungerte auf Dorfplätzen herum, von Durst und Hunger

Geplagt. Er mischte sich unter die Marktweiber, sah die verlockenden Angebote auf den Ständen. Sein Magen knurrte, doch keiner der vielen Anbieter die ihre Ware feilboten, wussten mit seinen Münzen etwas anzufangen.
Man schüttelte befremdet den Kopf und lachte gar über ihn.
Einige mitleidige Seelen, warfen ihm wohlgemeint, Reste ihrer nicht verkäuflichen Ausschussware zu.
Und das Ihm - der niemals Not gelitten hatte!
Sein letzter Hoffnungsschimmer schwand, welch ein unsinniges Unterfangen.
Vermutlich war sie längst wieder reumütig aufgetaucht und wartete im Schloss auf ihn.
Es zog ihn mit aller Macht wieder in seine eigene Welt, in der man ihn achtete und respektierte.

Auch ich machte mich wieder auf den Weg zurück, in die alte Zeit, ich hatte keine andere Wahl.
Meine Zeit mit meinem Liebsten, war noch nicht gekommen, denn ich vermutete, dass mein hitziger Gatte alles dransetzen würde, mich wieder zurückzubekommen.
Er würde uns keine Ruhe gönnen, uns nicht in Frieden leben lassen und mir als Stalker das Leben unerträglich machen.
Es drängte mich, meinem Liebsten einen Brief in der Höhle, dem Zeitkanal zu hinterlegen. Ich verwarf den Gedanken jedoch gleich wieder, denn was hätte ich schreiben sollen?
Wozu verdrängte Gefühle wiederauffrischen und den Trennungsschmerz neu aufbrechen zu lassen.
Schweren Herzens beamte ich mich wieder in die verhasste

alte Zeit und erreichte das Dorf am Fuße des Berges.

Dort suchte ich mit gemischten Gefühlen, den Hof der Verwandten am Ortsrand auf, um mein Pferd in Empfang zu nehmen. Das halbe Dorf war auf den Feldern, um die Ernte einzubringen.

Ich hörte Pferdegetrappel, noch ehe ich die Reiter auf ihren edlen Rössern sehen konnte, verbarg ich mich hinter einem Busch.

Sie waren noch weit entfernt, doch im näherkommen erkannte ich unverkennbar Giesbert in ihrer Mitte.

Ich muss mich unter die Feldarbeiter mischen, dachte ich Erschrocken. Unter meinem neuen Kopftuch wird er mich nicht erkennen. Ich zog das Kopftuch tief ins Gesicht und schlüpfte in eine Lücke, zwischen die Mägde.

Ich hörte die Reiter näherkommen und schließlich verweilen.

Um Himmelswillen, er durfte mich nicht sehen, nicht vor den anderen.

Ich wollte nicht erniedrigt werden vor dem Bauernvolk und Stoff für hämischen Dorflatsch liefern.

So beugte ich mich tief über die Pflanzen, welche es zu ernten galt.

Die jungen Mädchen um mich herum, begannen zu tuscheln und dümmlich zu kichern.

„Seht wer da kommt, der hohe Graf persönlich erstattet uns einen Besuch. Na, - wen wird er heute auswählen, bin ich nicht endlich an der Reihe?", wisperte das Mädchen neben mir, setzte sich in Positur und öffnete kess die Bänder ihres

105

Mieders, so das sich ihre blanken Brüste, den Blicken der Männer darboten.

„Benötigt ihr meine Dienste hoher Herr?", flötete sie kokett und senkte gespielt, verlegen ihr Haupt.

„Geht mir aus den Augen Schlampe, von dir und den anderen Vogelscheuchen habe ich genug, schert euch allesamt zum Teufel, Dirnenpack!", knurrte er verächtlich zwischen den Zähnen hervor, warf noch einen letzten Blick in die Runde und trabte davon. Widerwillig gefolgt von seiner Truppe, die sich ihm zögernd anschloss und sich nicht, ohne ein vielversprechendes Augenzwinkern, entfernte.

Das Hufgetrappel wurde leiser und verklang.

Verstohlen hob ich meinen Blick und sah die Reiter im nahen Wald eintauchen und verschwinden.

Ich richtete mich auf, strich meine Röcke glatt und stapfte über die Ackerfurchen, ohne mich noch einmal umzusehen, in Richtung des Gutes der Verwandten davon, um meine Stute in Empfang zu nehmen.

Zum Glück traf ich nur den Pferdeburschen an, denn ich hätte keine plausible Erklärung, für den Verbleib meines Pferdes gehab

„So sattle er augenblicklich meine Stute", befahl ich ihm ungeduldig.

„Ach eure Stute war das, hohe Dame? Die befindet sich längst schon nicht mehr im Stall, der Herr Graf hat sie abgeholt. Soll ich Madam bei den Herrschaften anmelden?"

„Oh nein, lass nur, ich bin in großer Eile, richtet einen lieben Gruß von mir aus", entgegnete ich, den Tränen nahe, raffte meine Röcke und lief vom Hof.

„Verdammt, verdammt auch das noch", fluchte ich vor mich hin, wie soll ich jetzt den weiten Weg mit meiner Last zum Schloss bewältigen.

Ein bäuerliches Pferdegespann nahm mich auf und brachte mich drei Orte weiter auf meinem Weg.

Die tiefstehende Augustsonne, brannte mir erbarmungslos auf dem Rücken und trieb mir Schweißperlen auf die Stirn, als ich gottergeben die endlose, staubige Landstraße entlang stapfte. Ich kannte den Weg nur zu gut, denn ich hatte ihn hundertmal schon zurückgelegt, doch niemals zu Fuß.

Meine Füße schmerzten in den ungeeigneten Seidenschühchen, durch die ich jeden Stein spürte.

Einen Moment war ich versucht sie auszuziehen und fortzuwerfen, auch die lästigen langen, schweren Röcke, die mir bei jedem Schritt an den Beinen klebten, behinderten mein Vorwärtskommen.

Zum Teufel mit dieser vorsintflutlichen Kleidung, was würde ich jetzt für einen leichten, bequemen Jogginganzug geben.

Die Sonne würde nun schnell untergehen und die Welt in gnädige Schwärze tauchen, so konnte ich unbemerkt den gräflichen Hof passieren.

Aber was kommt dann?

Würde der Scharfrichter, in Gestalt meines Gatten in Vollzug der gerechten Strafe meiner harren.

Ich malte mir aus, was mich erwarten würde, während ich unermüdlich einen Fuß vor den anderen setzte.

Eine Züchtigung mit der Peitsche etwa, oder gar eine gruselige Nacht im Turm, in Gesellschaft der gefräßigen Ratten, ging es mir durch den Kopf.

Muss ich mir das antun?

Mit jedem weiteren Schritt, bereute ich es mehr, zurück gekommen zu sein.

Alles, auch ein Leben zu dritt wäre besser, als diese Schande und Schmach zu erfahren. Zur Genugtuung und Erbauung der Schlossbewohner, misshandelt und erniedrigt zu werden.

Ich schüttelte mich vor Abscheu und verhielt den Schritt zu einer Verschnaufpause.

Mittlerweile hatte ich das letzte Dorf erreicht und erblickte hinter ihm das Schloss, wie auf Wolken stehend. Strahlend wie ein Traumgebilde in der untergehenden Sonne, lockte es den Betrachter.

Ach Carla du Feigling, da muss ich jetzt durch, auch das werde ich überstehen, schalt ich mich meiner trüben Gedanken.

Ich verweilte noch ein halbes Stündchen auf einer Bank, in Grübeleien versunken.

Längst war es dunkel, als ich mich endlich aufraffte, den letzten Schritt zu tun.

Ich passierte ungesehen die Zugbrücke und gelangte unbemerkt ins Haus.

Ich lief durch die Halle, im Bestreben mein Gemach unbehindert zu erreichen.

Vor dem Herrenzimmer, der späteren Bibliothek, verhielt ich meinen Schritt, um an der Tür zu lauschen.

Zunächst glaubte ich, Gäste im Haus anzutreffen, denn ich hörte Gespräche in weinseliger Stimmung.

Ich horchte eine Weile, hellhörig geworden, doch ich vernahm nur die Stimme Giesberts. Ich hörte ihn mit schwerer Zunge, Zwiegespräche mit einer eingebildeten Person halten.

„Du allein bist schuld an dem ganzen Schlamassel Alter, du hast mich entehrt und zum Narren gemacht, jetzt ist sie mir davongelaufen, hat keine Achtung vor mir", lallte er und warf scheppernd einen Gegenstand gegen die Tür.

Oh je, - er säuft sich ins Koma, jetzt sollte ich ihm besser nicht begegnen.

Zitternd vor Angst und Ungewissheit, was er nun als nächstes anstellen würde in seinem Zorn und Selbstmitleid, eilte ich in mein Gemach und verkroch mich unter den Decken.

Ich versuchte noch, mich wach zu halten, mich zu wehren, falls er mich zu würgen versuchte, doch die Erschöpfung ließ mich bald in einen barmherzigen Schlaf sinken.

Doch er wehrte nicht lange.

Die Tür wurde aufgestoßen, polternde Schritte näherten sich meinem Bett.

Fluchend gelang es ihm, nach mehreren, vergeblichen Versuchen, eine Lampe zu entzünden.

Ich hörte ihn schnaufen - und ganz plötzlich die Luft anhalten.

„Oooh, - was ist das, - ist das nicht mein Täubchen, - ich muss leise sein, darf sie nicht wecken, sonst flattert sie mir wie ein Vögelchen wieder davon.

Bei meiner Seele, sie ist wieder da, ist zurückgekommen, oh

Herr steh mir bei, lass es kein Hirngespinst sein!"
Taumelnd vor Glück, schloss er das Fenster und ließ sich
schwer auf das Lager neben mir fallen. Im nächsten Moment
schon, hörte ich ihn schnarchen, alles war gut.
Ein Sonnenstrahl, der sich auf mein Kissen verirrt hatte und
ungewöhnliche Geräusche, weckten mich.
Giesbert hatte ein Tablett mit Graupenküchlein, Käse und
Braten, herbeigezaubert und drapierte es nebst einem Krug
kochenden Wassers, auf einen Tisch neben dem Bett.
„Du kannst dir deinen geliebten Kaffee bereiten", sagte er
Beflissen. „Oh ich weis über deine geheimen Vorlieben, mein
Schätzchen", fuhr er fort und kramte das Kaffeeglas aus
meinem Beutel.
Erstaunt über seinen plötzlichen Eifer, verfolgte ich mit den
Augen sein Tun.
„So sag doch etwas, rede mit mir mein Engel", bat er
unterwürfig.
Doch ich schwieg überwältigt.
Ich schwieg drei Tage lang, bis es mir zu langweilig wurde.
„Ich werde fortan der beste Ehemann auf Erden sein, werde
nur noch bei dir liegen und nimmer mehr eine andere
anschauen. Nur sprich endlich wieder mit mir!
Sieh mich wieder an und meide mich nicht länger", flehte er
und sank auf die Knie vor mir.
Das brachte mich zum Lachen.
„Du wirst dich niemals ändern", brachte ich belustigt hervor,
„aber so bist du nun mal, mein Gatte, erspare mir deine

hochtrabenden Sprüche und falschen Schwüre".

„Aber ich meine es Ernst", beteuerte er.

„Ja ja, im Moment, glaubst du wirklich was du da sagst?", warf ich schmunzelnd ein.

Er bemühte sich ernsthaft um mich, wich kaum noch von meiner Seite, meine abwehrende Haltung, machte mich offenbar besonders begehrenswert für ihn.

„Erzähl mir mehr von der anderen Welt, ich habe ja nur ein paar langweilige Dörfer kennengelernt", bat er mich eines Tages, als wir während unseres Ausritts, eine Rast eingelegt hatten.

So begann ich zu erzählen.

Ich berichtete von den modernen Fortbewegungsmitteln, von Autos und Flugzeugen, von der Eroberung des Mondes, den Reisen in die ferne Zukunft und den vielen Errungenschaften der Technik. Sprach von den Sternen hoch am Himmel, die alle eine Welt darstellten.

„Du kannst also auch zu den Sternen fliegen. Bist du am Ende ein göttliches Wesen, hast du womöglich Gott geschaut, den allmächtigen Hüter der Erde und des Himmels?", brummte er und sprang abrupt auf.

„Das ist ungeheuerlich, Blasphemie, Gotteslästerung, wenn dass alles wirklich wahr ist.

Was hat es mir denn eingebracht, ein außerirdisches Wesen zu ehelichen, wenn sie nicht fähig ist, mir Nachkommen zu gebären? Ausgerechnet an dich habe ich mein Herz verloren. Verflucht sei der Tag, an dem du mir begegnet bist.

111

Ich verstehe das alles nicht, was suchst du dann auf der armselige
Erde?"

„Oh nein, so darfst du nicht von mir denken, ich bin
keineswegs ein göttliches Wesen, ich bin ein Erdenbürger wie
du und muss auch allen Unbill der Zeit ertragen.

Kälte, Hitze, Hunger und Not, komm, lass uns aufbrechen, der
alte Graf wird schon ungeduldig auf uns warten, er liebt keine
Verspätung".

„Ja der Alte verfällt zusehends, so viel ich weis, hat er bereits
die Sechzig überschritten, wir müssen bald mit seinem
Ableben rechnen, dann bin ich der ehrbare Landesvater und
du wirst die höchste Dame der Grafschaft sein, mein Engel",
ergänzte er hochtrabend.

Der Alte empfing uns schon ungeduldig wartend bei Tisch.
Mit nur 60 Jahren, war er zum Greis geworden.

Giesbert wurde zusehends nörgelig und unzufriedener in
seiner Rolle als mein ständiger Begleiter, er beäugte mich
missmutig.

Ich bemerkte, dass er die sehnsuchtsvoll verheißenden Blicke,
so mancher feschen Maid, die uns begegnete, mit einem
bedauernden Schulterzucken, erwiderte.

Ich kochte innerlich vor Wut und Erniedrigung, doch mein
Stolz verbat es mir, darauf einzugehen und ließ mich
schweigen.

„Ich habe immer das Gefühl, das du nicht wirklich da bist und
dich nur auf der Durchreise befindest, wie ein flüchtiger
Traum!"

„Nun - ja, es war nicht vorgesehen, das wir

112

Aufeinanderstoßen - uns begegnen. Diese Zeit ist nicht meine, eine Ehe zwischen uns, hat somit keine Gültigkeit, denn sie kann ja gar nicht sein".

„Du brauchst also keine Rücksicht auf mich nehmen und kannst getrost, weiterhin deinen männlichen Gelüsten nachgehen", entgegnete ich schonungslos.

„Bah, - wer bestimmt das", fuhr er wütend auf, „was ist das dann hier mit uns Beiden?, ein Spiel, - he, - eine Posse, ein Narrenstück, einem Idioten vorgegaukelt, der ich in deinen Augen bin!"

„Nein mein lieber Giesbert, wir haben in guten Glauben gehandelt, aber es ist wie es ist".

Um ihn auf andere Gedanken zu bringen, griff ich das heikle Thema, das ihm einst so wichtig war, wieder auf.

„Was ist aus deinen Träumen geworden, deinen hochtrabenden Vorstellungen und Sehnsüchten, Herrscher in der Grafschaft deiner Vorfahren zu werden?"

„Solltest du das Ziel aus den Augen verloren haben und nicht mehr in Betracht ziehen?"

„Ach ja, - du ermutigst mich neuerdings zu etwas, das du selbst immer verabscheut hast, wann hat denn dein Sinneswandel stattgefunden, soll das heißen, - du willst mich begleiten?"

„Hm, - tja – ich sehe das du hier nicht glücklich werden kannst und wenn es sein muss, werde ich dir folgen, doch zunächst erwartet uns eine andere Reise. Wir haben eine Einladung von einem Vetter von dir, zu einer Hochzeit im hohen Norden

113

erhalten, nach Danzig. Oh ich bin schon voller Vorfreude und Neugierde, wie es dort wohl zugehen mag, im Jahre 1355".

„So so, dich interessiert also die alte Zeit, willst alles wissen bevor du wieder in deine Zukunft verschwindest. Für dich ist das alles nur ein Lehrstück für deine Erfahrung, um aus der Vergangenheit berichten zu können und ich, - wirst du mich so einfach vergessen?"

„Und wenn es so ist?"

„Du bestreitest es also gar nicht!"

„Nun - Gott ja, was ist daran so verwerflich, ich bin halt wissbegierig, das Leben hier ist so eintönig und unbefriedigend".

„Was aber ist mit dir, warum bist du so unglücklich mit mir?, bin ich dir nicht treu ergeben und stets an deiner Seite, wenn es erforderlich ist?"

„Ich bin nicht unglücklich, nur unbefriedigt!", entgegnete er.

„Ach ja, so bin ich dir nicht unterwürfig genug", säuselte ich mit einem koketten Augenaufschlag.

Nein, unterwürfig bist du gewiss nicht, du bist zu schön, viel zu schön um wahr zu sein, du duftest wie eine Rose, schmückst mich wie ein Blumengebinde.

Aber du bist kalt wie ein Fisch, hast keine Herzenswärme, unnahbar wie eine edle Statue, liebst mich nicht, bisweilen verlangt es mich, dich zu strafen und zu quälen um dich heraus zu fordern, das du Gefühle zeigst, doch ich vermag es nicht, dir ein Leid anzutun".

„Oh du bist ein ganz Schlimmer, das sind also deine geheimen Fantasien die dich umtreiben, es ist höchste Zeit für eine Luftveränderung. Du brauchst wieder gesellige Menschen um dich, um auf andere Gedanken zu kommen, ich werde noch heute packen".

„Fahrt ohne mich Kinder, ich sehe mich außerstande, diese lange Reise in den kühlen Norden zu überstehen. Meine Reise auf dieser Erde geht zu Ende, bald werde ich meinem Schöpfer gegenübertreten", begrüßte uns der alte Graf, „setzt euch zu mir, ich habe mit euch zu reden", bat er, kreuchend nach Luft schnappend.

Er verließ kaum noch sein Ruhelager, sein Gesicht war grau und eingefallen.

Ich schüttelte sein klammes Kissen auf und bot ihm seinen Weinkelch.

„Aber wir können dich doch jetzt nicht allein lassen", sagte ich besorgt.

„Ach, meine alte vertraute Dienerin wird sich schon gebührend meiner annehmen, so wie sie es schon immer getan hat, wenn mein letztes Stündchen geschlagen hat. Gehe ich in Frieden Heim".

„Doch wisset, es ist für alles gesorgt, sollte mein leiblicher erstgeborener Sohn, der Amadeus, eines Tages den Weg zu seinen Vorfahren zurückfinden, so bleibt euch selbstredend das Wohnrecht auf Lebenszeit erhalten".

„Ansonsten fällt das Erbrecht an Euch, mit der Bedingung, einen Nachfolger zu präsentieren!"

Hier machte er eine Pause, nippte an seinem Becher und schaute mir vielsagend in die Augen.

„Mein Gott, - ihr werdet doch wohl einen Sohn fertigbringen!"

„Steht euch immer gut mit dem Richter, dem Bürgermeister und den Ratsherren, bestecht sie, wenn es sein muss, so wird es euch hier Wohl ergehen, wenn ich nicht mehr bin", riet er uns eindringlich, bevor er 10 Tage später den Weg des Zeitlichen nahm.

Doch das wussten wir zu dem Zeitpunkt noch nicht.

So traten wir mit gemischten Gefühlen die lange Reise in den hohen Norden an. Begleitet von 2 Dienern, dem unvermeidlichen Kutscher, Hannes dem Knappen und diversen Geschenken für das uns unbekannte Brautpaar und dem Gastgeber, machten wir uns auf den Weg.

Wir studierten die Landkarte und wählten den kürzesten Weg durch das schwach besiedelte Land. Ich befand mich in bester Stimmung, als sich die Reisekutsche endlich in Bewegung setzte.

Ein herrlicher Spätsommertag nahm uns auf. Alle Kümmernisse der letzten Tage waren verflogen.

Kapitel 9: Taubenhaus mit Flügeln

Die Mamsell hatte uns reich mit Nahrung versorgt, falls wir auf unserem Weg nicht genügend Wirtshäuser vorfinden sollten. So brauchten wir nur nach einer leidlichen Herberge für die Nachtstunden Ausschau halten.

Ich wusste das mir die Reise lang werden würde, so hatte ich vorsorglich, eines der neu erworbenen Bücher aus dem Center in meinem Gepäck verwahrt und kramte es bald hervor.

„Du erstaunst mich immer aufs Neue, wo hast du nun wieder dieses Meisterwerk der Schreibkunst aufgetrieben?", bemerkte Giesbert und beäugte misstrauisch das in Leder gebundene Werk.

„So etwas Perfektes habe ich noch nie gesehen", fügte er bewundernd hinzu und betastete es ehrfurchtsvoll.

Doch das holpern der Kutsche auf den unebenen Wegen, verschaffte mir kein unbeschwertes Lesevergnügen.

„Sieh nur dort das merkwürdige Gebilde, es schaut aus wie ein Hühnerhaus, nein eher ein Taubenhaus mit Flügeln, was soll das für einen Zweck erfüllen und wie die komischen Flügel sich drehen im Wind?", bemerkte mein Gatte kopfschüttelnd.

„Ja deshalb wird sie auch Windmühle genannt".

Meine Güte, das ist die erste Windmühle die ich seit über 4 Jahren sehe".

So hat die Korn- Windmühle also schon Einzug gehalten, endlich wird es feines Mehl für Semmeln, Küchlein und

117

Törtchen geben.

„Wir müssen sie auch bei uns bauen lassen, ich werde schnell ein Foto schießen, lenk derweilen die Männer ab.

Ach die dösen wie immer, sie werden es gar nicht mitbekommen fügte ich aufgeregt hinzu und kramte nach meiner Kamera.

„Was, - worauf willst du schießen, du verrücktes Frauenzimmer, was hast du nur immer für Einfälle!"

„Ach lass mich nur machen, du wirst schon sehen, wozu das gut ist".

Das Gespann, und wurde es auch von 4 Pferden gezogen, kam nur sehr langsam voran.

Fünf Tage waren bereits verstrichen, als wir endlich die Türme hinter der Stadtmauer erblickten. Aufgeregt, in freudiger Erwartung, zupfte ich mein Festtagsgewand zurecht, neugierig harrend der Eindrücke die mich erwarten würden.

Die Sippe hatte sich weit verzweigt, bald würde sie sich durch Kriege, Seuchen und andere Widrigkeiten, aus den Augen verlieren und in Vergessenheit geraten.

Wie schade, dachte ich versonnen.

Unsere Ankunft ging nicht im Trubel der anderen Neuankömmlinge unter.

Nach den trostlosen Wochen der Eintönigkeit des Hoflebens, freuten wir uns auf unseren großen Auftritt und genossen die Bewunderung und Aufmerksamkeit der illustren Gäste und Gastgeber.

Wir stolzierten erhaben, huldvoll, lächelnd durch das Portal.

Giesbert trug einen kittelartigen, ominösen Überwurf, Schaube genannt, aus edlem glitzernden, purpurfarben, gemustertem Brokat, von einem breiten Pelzgürtel zusammengehalten an welchem er einen Säbel oder seinen reich verzierten Dolch trug, welcher halb unter den Stofffalten hervor blitzen.

Der gebauschte Rock verlieh ihm einen würdevoll, stattlichen Umfang. Auf dem Kopf trug er eine ebenfalls rote, Barett ähnliche Kappe, unter der seine Blondmähne hervorquoll, bis auf die Schulter reichend und seine angenehme Erscheinung zusätzlich schmückte, ein echter Hingucker.

Er wusste sich in Pose zu stellen, indem er wie ein König auftrat.

Ich hatte große Mühe, neben ihm Schritt zu halten.

Mein neues Gewand für Festlichkeiten, bestand aus kostbarer Wildseide, welche zu beschaffen meinem Gatten Engelszungen, gute Beziehungen und ein wohlgefülltes Münzsäcklein kostete.

Ein Kunstwerk aus mattglänzendem, leuchtend blauen Gewebe, eine Eigenkreation von mir, aus mehr als drei Metern Stoff, raffiniert über die Schulter geschlungen und elegant bis auf die Füße herabfallend.

Mit nur einer Naht, hatte ich mir die lästige, mühselige Stichelei erspart und zu meinem eigenen Erstaunen, ein gelungenes Wunderwerk erschaffen.

Ich war sicher, nach meinem heutigen Auftritt in der

Öffentlichkeit, viele Nachahmer der vermeidlich neuen Mode gefunden zu haben.

Die Begrüßung war herzlich, doch oberflächlich, waren wir doch Fremde, trotz des engen Verwandtschaftsgrades.
Man wies uns einen Platz an der langen Tafel, der angereisten Gäste zu.
So fanden wir uns zwischen Handwerkern, Kaufleuten, Grafen, Seefahren und verarmtem Adel wieder.
Eine interessante, muntere Mischung die uns lebhaft plaudernd in ihrer Runde willkommen hießen.
Wie üblich wurde reichlich aufgetischt, Gerichte die ich solange schon vermisst, kitzelten meinen Gaumen.
Eine erquickliche Auswahl und Vielfalt an Fisch und Meeresfrüchten in allen Varianten, Krebse, Muscheln und Garnelen.
Giesbert rümpfte die Nase, angesichts des Mangels an Haxen und fetter Schweinebraten.
Eine Gruppe junger Burschen hatten laut palavernd, den Saal betreten und musterten ungeniert die Gästeschar.
„Seht nur dort das Narbengesicht, ist das nicht der Unersättliche, von dem so viele Gerüchte kursieren?"
„Du meinst den unsterblichen Grafen, der alle Mägde persönlich testet, einreitet und beglückt, nur um seine schöne Gattin zu schonen, ha ha", hörte ich sie lautstark witzeln.
„Ja - und die Gattin wiederum, hält sich anderweitig Schadlos", fügte ein anderer, kichernd hinzu.
„Wir sollten ihn im Auge behalten, das er sich nicht über

unsere Weiber hermacht".

„Oh heilige Madonna, habt ihr je solch ein göttliches Weib gesehen, die Versuchung und Sünde in Gestalt, Mann oh Mann, wenn das Meine wäre!"

Sie verhielten im Schritt und starrten mich ungläubig an.

„Was ist das für ein ungebührliches Betragen?", schert euch auf eure Plätze!", wurden sie lautstark vom Brautvater zurechtgewiesen.

„Die meinen uns!", flüsterte ich meinem Gatten zu, „dein schlechter Ruf ist uns offensichtig vorausgeeilt".

„Wie – was", brummte Giesbert mit vollen Backen und löste widerwillig seinen Blick von einer pausbäckigen Maid, die seine Aufmerksamkeit erregte.

Er hatte von alldem nichts mitbekommen, sein Sinnen und seine Fantasie, waren einzig auf eine neue Eroberung gerichtet.

„Verdammter Kerl, du blamierst mich vor aller Welt, unverbesserlicher Weiberheld, der du bist", zischte ich ungehalten.

„Warte Bürschchen, ich werde es dir mit gleicher Münze heimzahlen, stattliche Männer gibt es genug. Sieh nur der Graf dort, wie der mich anschmachtet, was glaubst du wer du bist?"

„Du wirst nichts dergleichen tun, du gehörst nur mir und nun gib Ruhe. Ich weis gar nicht, was plötzlich in dich gefahren ist, das ist eben das Los der Frau!", knurrte er Selbstherrlich und beschäftigte sich wieder mit der Gänsekeule.

„Ja das Los der Frau, die ständig mit einem Säugling im Wochenbett liegt. Oh du eingebildeter Fant", murmelte ich, kochend vor Wut und nahm mir vor, seine Selbstherrlichkeit zu erschüttern.

Der Tag schritt voran, längst waren die Kerzen und Öllampen entzündet.

Mein Gatte hatte sich verflüchtigt.

Mich verlangte es nach einem menschlichen Bedürfnis, ich erhob mich um mich zu erleichtern und suchte nach einem geeigneten Plätzchen für meine Notdurft.

Mit mir erhob sich auch der Brautvater, es sollte wie zufällig erscheinen.

In der, zu dieser Zeit leeren Halle, ergriff er meinen Arm und geleitete mich galant ins Freie.

„Wenn ich Madam einen ungestörten Platz empfehlen darf", säuselte er mit einer leichten Verbeugung.

„Oh wie aufmerksam von euch, aber zeigt mir zunächst meine Gemächer für die Nacht, bevor wir nicht mehr Imstande sind, uns zu orientieren, mein Guter", lachte ich.

„Ja gewiss doch, aber ihr müsst schon mit der Diele vorliebnehmen, so leid es mir tut, mit einem eigen Gemach für jeden Gast, kann ich heute nicht dienen, dort befinden sich ausreichend Strohsäcke für die Nachtruhe".

„Allerdings kann ich euch das nicht zumuten, ihr habt etwas Besseres verdient. Ich mache euch das Angebot, in meinen Gemächern zu Nächtigen, wenn ihr mögt, biete ich euch ein weiches Lager, denn wisset, meine treue Gemahlin hat mich schon vor Jahren verlassen".

„Der Herrgott hat sie zu sich gerufen. So macht mir die Freude und Ehre, euch meine Wohnlichkeit und Annehmlichkeiten zeigen und anbieten zu dürfen.

Kommt nur, zögert nicht, ich führe euch in mein Reich, ihr werdet es nicht bereuen", säuselte er und zog mich mit sich.

Sodann öffnete er eine Tür, geleitete mich in seine Privatresidenz und zog sogleich die Tür hinter uns zu.

Nun versuchte er im unverfänglichen Plauderton zu reden, doch seine Stimme verfing sich in hohen Tönen und brach wie Glas, als er erregt zu stammeln begann.

„Oh Schönste, die je auf Gottes Erdboden gewandelt, ihr betört und verwirrt mich, macht mich kopflos wie einen Jüngling. Euer Liebreiz und eure Anmut, eure Augen verglühen mich, machen mich trunken, rauben mir die Sinne", krächzte er heiser.

„Der Wein ist es, der euch benebelt und trunken hat werden Lassen. Beherrscht euch!" Entgegnete ich schmunzelnd.

Was ihn jedoch nicht hinderte, seine Verführungskünste weiter zu spinnen.

„Ich bin ein vorzeigbarer Edelmann, ohne Fehl und Tadel", fuhr er unbeirrt fort, „mir könnt ihr ohne Zögern eure köstlichen Lippen bieten, wenn euch die entstellende Fratze eures Angetrauten anwidert!"

„Oh was glaubt ihr von mir, keineswegs widert er mich an, denkt nicht, das ein paar oberflächliche Narben mich ekeln und abschrecken, vielmehr ist es der Charakter der mich

123

abstoßen sollte", erwiderte ich leidenschaftlich.

„Ja, mir ist übles zugetragen, ich weis von seinen zahlreichen Eskapaden, was mir unverständlich ist, bei solch einer Frau die im Hause seiner harrt".

„Aber mal ehrlich meine Dame, treibt ihr ihn nicht selbst in die Arme seiner zahlreichen Geliebten, wenn ihr ihn nicht ausreichend von eurer süßen Frucht kosten lasst?"

„Was wisst ihr schon, ihr seid unverschämt, was geht es euch an ob ich bei ihm liege und in seinen Armen Erfüllung finde. Ich sollte euch ohrfeigen!", rief ich aufgebracht.

„Aber aber, erzürnt euch nicht, mir ist nur daran gelegen, euch gut versorgt zu wissen und aeh, - zu beglücken auf dass ihr Meiner in angenehmer Erinnerung gedenkt".

Sein Mund kam mir ganz nahe.

„Schenkt mir nur einen Kuss, gewährt mir den Kuss und die Liebe, die euer Gatte verschmäht, kommt in meine Arme, ich gebe euch alles, auch mein Herz!"...

Die Tür flog auf, ein wüstes Fauchen und Fluchen, untermalt von polterndem Gelächter und unflätigen Ausrufen, begleitete das aufgeregte Menschenbündel, bestehend aus drei jungen Kerlen. Mit Giesbert im Schlepptau, stürmten uns entgegen.

„Wir haben ihn im Stall aufgegriffen, als er sich an die Emma heranmachen wollte, Vater", prahlten sie lautstark.

Doch unvermittelt stockten sie, erstarrt mit ungläubig offenen Mäulern, als sie uns so kompromittierend dicht, in verfänglicher Pose beieinander sahen.

Mit einem kräftigen Stoß der Ellenbogen zu beiden Seiten,

befreite sich Giesbert aus seiner misslichen Lage, in dem Moment der Unachtsamkeit seiner Häscher.

Wir fuhren erschrocken auseinander, als mein Gatte wutschnaubend, mit erhobenen Fäusten auf uns zustürzte. „Auseinander ihr Ehebrecher, lasst augenblicklich eure dreckigen Pfoten von meiner Gattin - Hundsfott, Weiberschänder!", brüllte er, mit sich überschlagender Stimme, verpasste er meinem verdatterten Galan einen gezielten Hieb in den Magen, der ihn stöhnend in die Knie zwang. Doch der Angreifer wurde sogleich wieder gepackt und zurückgehalten.

„Fort mit euch Schurken, behandelt man so einen unbescholtenen, arglosen Gast, der nur die Pferde begutachten wollte?"

„Ach ja, die Pferde wollte er begutachten und besonders die jungen Stuten haben es ihm angetan", polterte ein bulliger Kerl spöttisch, der, den vor unbändigem Zorn Keuchenden, mit eisernem Griff fest umschlungen hielt.

„Ich sollte den Heißsporn in den Kerker werfen lassen", bellte der Graf. „Doch er trifft mich bei guter Laune an!", jedoch seine schmerzverzerrte Mine, strafte seine Worte Lügen.

„Zudem ist er mein Cousin", fuhr er fort, „da werde ich Gnade vor Recht ergehen lassen, so schafft ihn für diese Nacht in den Stall zu den Ziegen. Soll er sich dort austoben.

Nun gehe er mir aus den Augen, bevor ich es mir anders überlege", fügte er gespielt, wohltuend hinzu und richtete sich schwer atmend wieder zu voller Größe auf, um sich im

125

nächsten Moment, gurgelnd zu übergeben.

„Das könnt ihr mit mir nicht machen, ich werde euch zu einem Duell herausfordern, morgenfrüh um acht, ihr werdet euch nicht unbestraft an meinem Weib vergreifen", hörte ich meinen Gatten noch brüllen, doch die Tür schloss sich geräuschvoll hinter ihm.

Die Schritte und Stimmen entfernten sich und verstummten.

Die Eifersucht brannte höllisch in Ihm. Er befürchtete das sein Weib einem erotischen Abenteuer nicht abgeneigt war, darüber hinaus, hatte er ihr ja reichlich Anlass gegeben, sich zu revanchieren.

„Lasst mich frei, ich zahle euch jede Summe die ihr verlangt, der Alte wird nichts davon erfahren", bat Giesbert mit Engelszungen.

„Bah, - wir brauchen dein schmutziges Geld nicht und der Alte ist nicht das Problem", brummte einer der Burschen, „du bist es, denn ich selbst habe bei der Emmi ein Ding am Laufen".

„Sie ist heißblütig und willig wie eine läufige Hündin und nun kommst du mir in die Quere und verdirbst mir den Spaß!"

„Ach das Mädel ist mir doch scheißegal, eine andere wäre mir genauso recht, für ein kurzes Vergnügen, sind nicht alle unter dem Rock gleich?"

„Wir sollten zusammenhalten Jungs, so lasst uns Frieden schließen, denn in uns fließt das gleiche Blut, meine Brüder, stammen wir nicht alle von dem gleichen Urvater ab?"

„Also, ich bin der Giesbert, Kreuzritter des Königs Karl dem IV, Sohn des legendären, berüchtigten Georg dem Eroberer und

126

Fürsten der Unterwelt, - der Finsternis, Bruder des ehrenwerten Harald, dessen Nachkommen ihr alle seid!"
„Nun, - zumindest waren sie es einst, damals vor bald 200 Jahren".
Er selbst allerdings, war nie etwas anderes als ein gelernter Raubritter, das aber behielt er geflissentlich für sich.
„Ha, – du machst wohl Witze du Spinner, wie kannst du der Bruder des Haralds sein, der schon fast 200 Jahre in geweihter Erde ruht. Du bist ein Lügner und Angeber!", ereiferte sich einer der Burschen und brach in schallendes Gelächter aus.
„Habt ihr das gehört, was dieser Aufschneider uns weismachen will?"
„Ich sage die Wahrheit, Gott ist mein Zeuge, auch meine Gattin kann das bezeugen. Sie selbst hat meinen Vater den Georg noch sehr lebendig erlebt!", rechtfertigte sich Giesbert lautstark.
„Oh das ist lustig, der Kerl kann uns vortrefflich die Zeit vertreiben", meldete sich ein anderer der Burschen. „Lasst uns ihn in unser Quartier mitnehmen, so wird er uns aufs Beste unterhalten. Ich bin begierig auf alte Sagen und Märchen, ha ha!"

Ich fühlte mich bedrängt und in die Enge getrieben.
Doch das Angebot, in einem komfortablen, abgeschlossenen Raum, in einem weichen Bett zu Nächtigen, reizte mich.
Wohingegen die Vorstellung, in der großen Halle auf dem Fußboden, inmitten von 50 miefenden, furzenden und rülpsenden Zeitgenossen, den Gestank der Ausdünstungen so

vieler Körper zu verbringen, ekelte mich.

Doch im Gegenzug dazu, den lüsternen Grafen ertragen zu müssen, schreckte mich ab. Nicht dass er ohne Charme und Reiz war, ein Mannsbild, noch recht ansehnlich und von adligem Geblüt.

Ich saß in der Falle, musste mich nun entscheiden, was wäre das größere Übel?

„Verfügt über meine Gemächer, als wären es Eure", säuselte der Graf mir ins Ohr und wies unmissverständlich auf das verlockende Bett.

„Nun ja, ich sehe mich geschmeichelt und versucht, euer Angebot anzunehmen, später, doch ihr müsst euch jetzt wieder unter eure Gäste mischen, sie werde euch vermissen, seid ihr doch der Gastgeber!"

„Für wahr, ihr lauft mir nicht fort, ich werde nur noch an euch denken meine Schöne. Richtet euch derweilen ein, mein Haus ist euer Haus", murmelte er, warf mir noch einen vieldeutigen Blick zu und entfernte sich zögernd.

Meine Güte, was für eine verzwickte Situation, in der ich mich wieder mal befinde, dachte ich und mischte mich wenig später, ebenfalls unter die inzwischen hemmungslos feiernde Gesellschaft.

Ich nahm den Platz neben den Grafen ein und ermutige ihn verführerisch lachend, den Wein und Schnaps ausgiebig zu genießen.

Unermüdlich schenkte ich ihm fleißig nach, während ich zum Schein mithielt, denn ich leerte meine vollen Becher, heimlich unter die Tafel.

Unter dem Tisch, hatte sich bereits eine kleine Pfütze gebildet, was aber auch andere Ursachen haben konnte.

Mein Plan, ihn mit Alkohol außer Gefecht zu setzen, schien aufzugehen.

Ich schnurrte wie ein Kätzchen, schmeichelte ihm und wiegte ihn in Sicherheit, auf erquickliche Freuden der zu erwartenden Nachtstunden.

Er verschlang mich mit seinen Blicken, entkleidete mich in Gedanken, doch seine Augen wurden zusehends trübe.

Seine heißen Liebesschwüre gingen in ein unverständliches Gestammel über. Als er nur noch lallende Töne von sich geben konnte und gar am Tisch einnickte, schien die Zeit gekommen, mich zurück zu ziehen.

In der Halle herrschte bereits reges Treiben. Unzählige Kids, lärmten und plärrten übermüdet, von ihren genervten Müttern besänftigt und zu Ruhe ermahnt.

Einige Frauen stillten ihre Säuglinge in dem Getümmel von Leibern. Alte Weiblein zeterten über den Lärm und das unruhige Gedränge.

Es duftete nach gelösten Windeln, deren Produkte gedankenlos in dunklen Ecken entsorgt wurden.

Oh nein, hierzwischen wollte ich nicht die Nacht verbringen.

Ich schüttelte mich vor Abscheu und suchte meinen Weg vorsichtig über Körper und Unrat steigend, vom Wunsch beseelt, diesem widerlichen Ort zu entkommen.

Ich fand die gewisse Tür, verschloss sie sogleich hinter mir und atmete erleichtert auf.

Ich erwachte allein in einem fremden Bett und musste mich erst besinnen, was war geschehen zwischen Abend und Morgen? - Nichts!

Nun musste ich mich eilen, mein eifersüchtiger Gatte durfte mich keinesfalls hier auffinden. Es würde das Fass zum Überlaufen bringen, in seiner Wut wäre er unberechenbar, womöglich würde es mit einem Kampf und einer Bluttat enden.

Ich sprang hastig aus dem warmen Bett und stellte fest, das ich in meinem Kleid geschlafen hatte. Es war völlig zerknittert, so konnte ich mich unmöglich zeigen.

Oh je, wo war nur mein Reisebeutel? Zum Glück entdeckte ich ihn und kleidete mich in aller Eile um.

Zögernd betrat ich die Halle, in der sich nun etliche Schnapsleichen und plärrende Kinder befanden.

Ich raffte meine Röcke und stieg über sie hinweg.

Der große Speisesaal verfügte über keine Tür.

So sah ich sie schon vor dem Eintreten an der langen Tafel sitzen, meinen Gatten neben dem Hausherren.

Zu meinem Erstaunen, gab er sich wohlwollend und klopfte Giesbert freundschaftlich auf die Schulter.

Im Näherkommen verstand ich die Worte die er sprach.

„Du sollst nie in fremden Gewässern fischen Junge!"

„Wie nennt ihr mich, einen Jungen?", ereiferte sich Giesbert empört, ihr seid kaum älter als ich, was bildet ihr euch ein, was seid ihr schon?"

130

„Nun im Gegensatz zu euch, fülle ich meinen Beutel und die Scheunen nicht mit den mühselig errungenen Feldfrüchten meiner Untergebenen".

„Oh wie Edel, euch fliegen also die gebratenen Tauben ins Maul, oder wovon bestreitet ihr euren aufwendigen Haushalt", entgegnete Giesbert streitsüchtig.

Die Schmach, die man ihm angetan, lastete noch schwer auf ihm.

„Nun, ich verdiene meinen Unterhalt mit ehrlicher Arbeit, ich bin Handelstreibender zur See".

„Oh welch eine hochtreibende Bezeichnung für einen kleinen Kaufmann".

„So unterbreche er mich nicht mit solchen nichtigen Wortspielen Kerl und lasst mich mit meinem Bericht fortfahren, was mir widerfahren ist.

Ich habe nicht nur meine gesamte Schiffsladung samt meiner prächtigen Kogge eingebüßt, denn zu allem Übel, sollte ich auch noch mein Leben verlieren".

„Die mordrünstigen Piraten kennen keine Gnade, denn sie warfen mich und meine Leute kurzerhand über Bord, zum Glück konnte ich schwimmen und so mein nacktes Leben retten".

„Glaub mir Cousin, das Leben hat mir nichts geschenkt, so musste ich wieder bei Null anfangen, das war eine schwere Zeit voller Entbehrungen, das könnt ihr mir glauben!"

„Oh, - ich hatte keine Ahnung, ihr dauert mich".

„Schon gut, ich brauch euer Mitleid nicht, denn das war

131

gestern, inzwischen habe ich mir eine neue Existenz aufgebaut und bin wieder zu einem bescheidenen Wohlstand gelangt, ich kann wieder aufrechtgehen".

„So, - und nun glaubt ihr der Größte zu sein und nehmt euch das Recht, euch an fremden Eigentum zu vergreifen!"

„Ah, wenn ihr auf eure liebliche Gattin anspielt, so kann ich euch versichern, ich habe sie nicht angerührt, darauf gebe ich mein Ehrenwort!"

„Ich pfeife auf euer Ehrenwort, wollt ihr mich etwa glauben lassen, ihr könnt solchen weiblichen Reizen, wie denen meiner Angetrauten wiederstehen, wenn ihr ein echter Mann seid?", erwiderte Giesbert misstrauisch.

„Nun ja, - ich gebe zu, es ist mir gewiss nicht leichtgefallen, doch ich weis nur zu gut, man kann nicht alles haben, wonach einem gelüstet!"

Kapitel 10: Kein Störtebecker

Ich hatte genug gehört und sah es nun für angebracht, mich einzumischen.

„Ach mein lieber Gatte befindet sich auch wieder unter uns und hält es nicht für nötig mich zu begrüßen!"

„Oh meine Kleine, wie habe ich dich vermisst", rief er beglückt, sprang auf und schloss mich ungestüm in seine Arme.

„Komm mein Schätzchen, setz dich zu uns. Ich konnte nicht eher kommen, man hat es für nötig befunden, mich von dir zu trennen. Dem hier, habe ich es zu verdanken, er glaubt den lieben Gott zu verkörpern und besitzt die Unverschämtheit, - ja er glaubt gar über uns verfügen zu können!"

„Ja ungehörig, so seine Gastfreundschaft zu missbrauchen, er sollte sich schämen", bestätigte ich lachend und setzte mich zwischen die beiden Kampfhähne.

„Erzählt mir noch mehr von den wilden Piraten, wir kommen aus dem Süden des Landes und haben keinen Schimmer von den Geschehnissen hier im hohen Norden".

„Ist es etwa der berüchtigte Störtebecker, der euch das Leben vermiest?"

„Diesen Namen habe ich schon gehört, aber selbiger ist meines Wissens ein friedlicher Bürger", entgegnete mein Tischnachbar.

„Ach, - ja, so ist er also noch nicht geboren, der kühne Räuber der Meere, ich bin zu früh gekommen".

„Ich verstehe nicht wovon ihr sprecht Gnädigste?"

„Nun, ich habe mich wohl in der Zeit geirrt", sagte ich kleinlaut.

„Ihr müsst wissen, sie kann in die ferne Zukunft sehen", beeilte sich mein Gatte unseren irritierten Gastgeber aufzuklären.

„Schweigt still Dummkopf, wie könnt ihr so etwas behaupten, ihr bringt uns in Teufelsküche. Ich hoffe das es keiner gehört hat, man würde sie des Hexenkultes bezichtigen.

Aber, um Himmelswillen, sie ist doch nicht etwa eine Hexe, die sich verwandeln kann, denn sie ist so anders, als alle anderen Weiber, so sündhaft, berauschend, rätselhaft - unergründlich. Oh, ich verliere mich in alberne Schwärmereien, verzeiht mir meinen Fauxpas, aber auch ihr, mein Cousin, fallt aus den Rahmen, ihr erscheint viel Jünger, als eure Jahre zählen!"

„Ach das kommt daher, das ich meine Kindheit in der Unterwelt, dem zeitlosen Raum, verbracht habe", antwortete Giesbert unüberlegt.

„Ach ja, ich verstehe", sagte der Graf verwirrt und verstand doch nichts. „Ihr seid ein Weiberheld", fuhr er fort, „so viel ist mir klar, trotz oder gerade wegen dieser scheußlichen Narben. Wer hat sie euch beigebracht, ich meine, wie sind sie entstanden?"

„Ein Kampf mit einem Bären!", griff ich die Frage auf, „er hat den ungleichen Kampf mit einem riesigen Bären überlebt und den Bären überwältigt. Er spricht nicht gern darüber, ihm liegt es nicht, sich mit Heldentaten zu brüsten".

„Oh ein wahrer Held, ich gestehe euch meinen Respekt. Ihr seid schon ein bemerkenswertes Paar, ich sehe mich geehrt, euch in meinem Hause bewirten zu dürfen. Vergesst alles Ungemach, das ich euch bereitet habe, verzeiht mir meine Freunde".

„So lasst uns auf unsere Freundschaft anstoßen, bringt uns von dem Besten Wein im Keller, Wilhelm und ein saftiges Stück von dem Braten, der dort am Spieß so köstlich duftet".

„Der Braten ist noch nicht gar Herr, aber ich kann euch geräucherte Forellen bieten und für die Dame Muscheln, Krabben und Krebse".

„Vortrefflich, also bring er uns die Meeresfrüchte", rief ich begeistert und genoss mit Heißhunger diese Köstlichkeiten schon zum Frühstück.

Mein Gatte jedoch, schüttelte sich angewidert.

„Ich verzichte auf dieses Hühnerfutter" brummte er und drängte zum Aufbruch.

Ein nie gekanntes Gefühl der Bange und Sorge hatte ihn ergriffen. Es könnte etwas geschehen, wogegen er allein machtlos war.

Ihn ängstigte und beunruhigte die Vorstellung, man könnte „Sie" seine Liebste als Hexe entlarven, sie der Blasphemie und Zauberei überführen und ihm fortnehmen, seine schöne, rätselhafte Frau, um die ihn alle beneideten.

Doch ihm waren auch nicht die hasserfüllten Blicke der

anderen Frauen entgangen. Unvorstellbar der Gedanke. Sein Leben verlöre den Sinn, wenn er sie nicht mehr Daheim auf ihn wartend wusste.

Sie ist sein Halt, sein zu Hause, ohne sie wäre er ein ruhelos herumziehender Streuner, der den Sinn des Daseins einzig im Rauben, Kämpfen und Morden sah.

Ohne Wurzeln und Halt, in steter Begleitung seines treuergebenen Knappen Hannes, der inzwischen fast 20 - jährig zum stattlichen Manne geworden.

Ein maskuliner Kerl, groß, breit, Muskel bepackt, doch plump und klobig. Mit einem verwegenen hinterhältigen Gesichtsausdruck, ging er über Leichen, tat alles um seinem Herrn zu gefallen.

Manchmal schauderte mich vor ihm. Ich ahnte längst, das Grausamkeit und äußerste Brutalität ihm Innewohnten.

Mit ihm verbrachte Giesbert seine Zeit, neben ihm ritt er lieber, als neben mir, mit ihm lachte und witzelte er.

Zum ersten Mal verspürte ich so etwas wie Eifersucht, wenn ich die beiden vertraut in inniger Gemeinsamkeit vom Hof reiten sah.

Meine Gedanken verirrten sich in weite Fernen.

Stühlerücken, eine feste, drängende Hand, die mich wieder in die Realität holte, erinnerte mich an mein Vorhaben.

„Bevor wir uns auf den Weg machen, gewährt mir noch einen Blick in euer Küchenhaus lieber Cousin, bei euch scheint alles ein wenig fortschrittlicher", bat ich den Grafen.

„Es ist mir eine Freude euer Interesse und euren Wissensdurst

136

zu stillen. Ich stelle mich gerne zur Verfügung, als euer ergebener Diener".

Ich betrat die Küche unter den missbilligenden Blicken des Küchenmeisters, eines bulligen Kerles, deren Bauchumfang, es ihm erstaunlicherweise nicht an Grazie und Wendigkeit mangeln ließ.

Er fühlte sich offensichtlich durch mein ungebührliches Eindringen in sein Reich gestört.

„Der Koch sollte nie fülliger sein, als sein Herr, das wirft kein gutes Licht auf das Haus, das solltet ihr doch wissen Mann", schnurrte ich grinsend, nur für ihn hörbar.

Was ihn nun völlig aus der Fassung brachte und ihn in seinem Tun innehalten ließ.

Wutschnaubend gab er mir den Weg frei und ließ mir freie Hand.

Ich inspizierte die Säcke und Fässer und fand was ich suchte, Mehl, richtiges feines Mehl.

Ich hatte genug gesehen, wusste nun meine Vermutung bestätigt.

Zum Abschied waren aller Ärger und Missverständnisse vergessen.

Im Überschwang der Gefühle und dem Bewusstsein eine Familie - eines Blutes, die gemeinsamen Kindeskinder, Nachkommen des berüchtigten Georg, den unbesiegbaren , zu sein und uns wohl kaum je wiedersehen würden.

So luden wir mit übertriebener Herzlichkeit, die Verwandten auf das Schloss in den Wolken, in der wunderschönen

137

Landschaft am Fuße des Riesengebirges ein.

Mir graute vor dem langen beschwerlichen Weg, als die Kutsche anruckte und ich mich in meinem Sitz, aufseufzend zurücklehnte.

An einer Wegbiegung, hieß Giesbert den Kutscher halten.

„Aber Herr, wir haben noch kaum 10 Meilen geschafft!"

„Das mag wohl sein, aber was kümmern mich die Meilen, ich habe unaufschiebbares zu erledigen".

„Er hat eine Blase wie ein Kleinkind", bemerkte der alte Kutscher, „kann nicht warten bis alle"...

„Nein er kann nicht warten - komm mein Engel", raunte Siegbert und griff schalkhaft blinzelnd nach meiner Hand.

Ehe ich reagieren konnte, erhob sich Hannes pflichteifrig.

„Nein, dich brauche ich nicht für mein Vorhaben, Kerl!"

„Oh, du willst mich zu einem Spaziergang einladen, wie lieb von dir", sagte ich, erfreut über den ungewohnten Vorschlag. Kannte ich doch seine Lauffaulheit.

„Nein kein langweiliger Spaziergang, komm nur mit mir, mein Lieb", murmelte er und zog mich bedeutungsvoll, schmunzelnd aus dem Gefährt.

„Aber wo willst du mit mir hin?", „hier ist nirgends ein Haus, noch eine Hütte", entgegnete ich verwundert.

„Ach was brauchen wir ein Haus, ein Heuhaufen genügt allemal für uns", während er mich unter dem spöttischen Gejohle der Männer, an der Hand mit sich zog.

Ich weis nicht in welchen Rottönen meine Wangen sich färbten.

„Ich habe dich heute Nacht so sehr vermisst Liebste!", raunte er mir ins Ohr.

Eines Morgens vernahm ich eine hitzige Debatte, als ich mich dem Speiseraum nährte. Mit wem sprach mein Gatte?
Gab es doch nur noch die halbwüchsigen Söhne im Haus, die keinem ernsthaften Gespräch zugänglich waren.
Neugierig öffnete ich die Tür.
Amadeus war heimgekehrt.
Ich wusste im ersten Moment nicht so recht, ob ich mich freuen oder sorgen sollte.
Im Überschwang der Gefühle, fielen wir uns in die Arme.
Ernüchternd von meinem Gatten getrennt und zurechtgewiesen, lösten wir uns hastig voneinander und standen uns befremdet gegenüber.
„Lass die Pfoten von meiner Frau du Lüstling, oder glaubst du sie würde in heißer Lieber für dich entbrennen?"
„Nein gewiss nicht, ich wollte nur meiner Wiedersehensfreude Ausdruck verleihen", stammelte der Zurechtgewiesene.
„So erzähle, wie ist es euch ergangen, wo ist denn dein Bruder?", fragte ich wissbegierig.
„Oh Mann, was wir alles erlebt haben und was uns unglaubliches widerfahren ist, kann ich nicht mit wenigen Worten wiedergeben. Ich müsste die halbe Nacht erzählen".
„Ja das sollst du auch, aber vorweg. Warum bist du ohne deinen Bruder zurückgekommen? Hat er womöglich die Liebe seines Lebens gefunden und ist"…
„Oh, wenn es nur so wäre, - es begann alles ganz harmlos, ja

139

romantisch".

„Er hat sich in der Tat, in eine blutjunge, liebliche Maid verguckt und in eine heiße, amouröse Affäre gestürzt. Doch war es ihm nur an einem Liebesabenteuer gelegen, wohingegen sie auf baldige Vermählung hoffte".

„Mir aber wurde die Zeit zu lang. Ich sehnte mich schon lange nach meiner Heimat, nach dem Schloss auf den Wolken. Ich wollte mein altes Väterchen noch lebend sehen, so drängte ic zum Aufbruch".

„Bei Nacht und Nebel, machten wir uns auf, doch wir kamen nicht weit. Nach wenigen Meilen wurden wir von ihren Brüdern eingeholt und überwältigt, mein armer Bruder wurde gepackt und am nächsten Baum aufgeknüpft!"

„Ich habe seinen Todeskampf hilflos mit ansehen müssen. Es war grauenvoll, meinen geliebten Bruder, so entehrt, sein junges Leben aushauchen zu sehen. Nun wird er auf ewig im Fegefeuer schmoren".

„Mir gelang es schließlich zu entkommen und in der Flucht, mein armseliges Leben zu retten", seufzte er.

„Wir müssen ihn aus seiner unwürdigen Lage befreien und ihm ein Grab in geweihter Heimaterde gewähren!"

„Wann war das?", fragte ich, aufgewühlt von erdrückenden Gefühlen.

„Oh, das ist erst vor wenigen Tagen geschehen!"

„Wir werden ihn rächen, gleich morgen werde ich eine Armee zusammentrommeln und den ganzen Clan ausräuchern", rief Giesbert kampfeslustig. „Wie können die es wagen, einen von

Elzen derart zu demütigen und entehren!"

So geschah es.

Zehn Tage später kehrten sie mit dem Leichnam des jungen
Gottfried heim.

Die Beisetzung folgte unter großer Anteilnahme
der Schloss - und Landbevölkerung.

Was mit dem mordrünstigen Clan geschehen ist, habe ich nie
Erfahren - wollte es auch nicht wissen.

Giesberts zügellose Fremdgänge indes, blieben auf die Dauer
nicht ohne Folgen.

Die jungen, kessen Dinger, die es selten versäumten, ihm
einladende, heiße Blicke zu zuwerfen, wichen plötzlich vor ihm
zurück. Sie mieden ihn, wurden schweigsam und tuschelten
untereinander - gingen ihm aus dem Weg, was ihn sehr in
seiner Eitelkeit verletzte und kränkte.

Bis ihn sein Knappe, eines Tages aufklärte.

Er, der sich gerne unter das gemeine Volk mischte, wusste,
war im Bilde, was sich unter dem Gesinde abspielte.

So wusste er zu berichten, was er hinter vorgehaltener Hand,
erfahren hatte.

„Ihr seht Vaterfreuden entgegen Herr, die Weiber sind
aufgebracht, weil ihr euch nicht bekennt und die frivole
Angelegenheit nicht Ernst nehmt.

So wisset, die rote Hildtraut hat mich gestern im Stall
aufgesucht, ich dachte erst, - sie aeh, - aber dann, nun sie hat
ihren Rock gelüftet, da habe ich es mit eigenen Augen
gesehen, einen Bauch wie eine Kugel".

141

„Ich möge ein gutes Wort für sie bei euch einlegen, einen angebrachten Obolus, meinte sie erst. Dann nannte sie mir eine horrende Summe Schweigegeld, ich wage es kaum auszusprechen".

„So könnte sie das Balg durchbringen und eure Vaterschaft Vertuschen. Also wenn ihr mich fragt, sollten wir ihr die Zunge herausschneiden, so schweigt sie für immer, Weiber sind doch so geschwätzig - die Klatschsucht, die jedem Weibe innewohnt!"

„Ja für wahr, das sollten wir wirklich tun, um die unangenehme Angelegenheit aus der Welt zu schaffen, aber meine Gattin würde es nimmer dulden", zögerte Giesbert, bedenklich den Kopf wiegend.

„Ach, sie wird es nie erfahren. Kommt Herr, wir sollten es gleich tun, lasst uns zur Tat schreiten, ehe es zu spät ist!"

„Aber sie wird fürchterlich schreien und…"

„Und wenn - es hört sie keiner. Sie ist auf dem Acker hinter dem Wäldchen", versuchte er seinen Herrn zu überreden, „ihr werdet es bereuen, die letzte Gelegenheit ungenutzt verstreichen zu lassen", fügte er hinzu.

„So mag ich es bereuen, denn ich werde meine Hände nicht mit Blut besudeln!"

„Wie ihr meint, aber ich habe euch gewarnt, so mögt ihr die Folgen tragen Herr".

„Du siehst alles zu schwarz Junge, die Zeit wird es schon richten", widersprach Giesbert leichthin.

Oh, er würde es noch bereuen, denn die Zeit richtet es -

gewiss, aber auf ihre Weise.

Das beschauliche, um nicht zusagen, langweilige Leben, nahm mich wieder auf.

Ich trug nun die alleinige Last, die Verantwortung des reibungslosen Ablaufes des Haushaltes. Alles musste umsichtig bedacht werden.

Mir oblag nicht nur, für das leibliche Wohl Sorge zu tragen, sondern auch für die anfallenden Krankheiten der Bewohner gerüstet und vorbereitet zu sein.

Die Vorräte an Heilkräuter mussten für die Wintermonate aufgefüllt und ergänzt werden.

Wie gut, das ich über ein umfangreiches Wissen, der notwendigen Mittel verfügte.

Die Zeit drängte, noch prangten und sprießten allerlei Pflanzen in Wald und Wiesen verborgen, nützlich und heilbringend, wenn man von deren Wirkung wusste.

Kapitel 11: Der Überfall

Wir hatten uns schon Zeitig auf den Weg begeben.
Bald würde die Spätsommersonne erbarmungslos, auf uns
herniederbrennen.
Es war höchste Zeit, frische Heilkräuter für den Wintervorrat,
zu sammeln. Agnes, ein junges Küchenmädchen, begleitete
mich.
Friedliches Vogelgezwitscher und Insektengebrumme
umgaben uns. Wir hatten die Wiesen, längs des Sees
abgesucht und tauchten nun in den Schatten des nahen
Waldes ein.

Mein Korb war schon gut gefüllt.
Amadeus war uns in einigem Abstand gefolgt, er hielt sich
geschickt hinter Bäumen verborgen, um sich seiner

übertriebenen Sorge, nicht der Lächerlichkeit auszusetzen, denn alle im Haus wussten von seiner heimlichen Verehrung und unterdrückten Gefühlen, für die Gattin seines Cousins, außer Giesbert.

Was ihn jedoch nicht davon abhielt, ihr akribisch zu folgen. Die Mühe lohnte sich, denn längst schon hatte sie seinem Drängen nachgegeben, doch es mangelte ihnen an passenden Gelegenheiten.

Ich roch selbstvergessen an den duftenden, würzigen Kräutern. Wilder Thymian, Lavendel, Ysop, Gundelrebe, Wiesensalbei, die heilende Kamille, Fenchel, sowie Kümmel, Reinfarn und Weinraute, all das wuchs noch auf Wiesen und Brachen und am Waldessaum.

Auch viele essbare Pilze hatte ich entdeckt, doch zum Pilze sammeln, würde ich drei Mädchen mitnehmen.

Bald ist auch die Zeit um Kastanien und Nüsse zu sammeln. Kastanien für die Bereicherung des Speiseplans, als Kartoffelersatz, doch leider waren die schmackhaften und saftigen Maronen nur eine kurze Zeitspanne zu haben, überlegte ich. Besonders segensreich ist die köstlich, duftende Minze, hm, - ich vergrub meine Nase in dem frischen Grün, als ich flüsternde Stimmen vernahm.

Ein unterdrücktes, aggressives Gemurmel, ließ mich auffahren. Wir waren nicht mehr allein, ich spürte eine Bedrohung. Instinktiv wappnete ich mich, für was auch immer und tastete nach meinem Pfefferspray, das ich auf all meinen Wegen in den Falten meiner Röcke verborgen, bei mir trug.

„Seht nur dort im Wald, ist das nicht die hohe, edle Grafenschlampe?"

„Sie ist allein, nur von einer Magd begleitet. Wir sollte sie uns vorknöpfen, uns an ihr rächen, an der, die alles hat was wir nicht haben".

„Ja sie soll büßen für unser Ungemach, ihr haben wir diese Schande zu verdanken. Sie verschmäht ihren Gatten, um keine lästigen Bälger gebären zu müssen und sich nicht mit einem unförmigen Leibesumfang zu verunstalten - die hohe Dame! Stattdessen laufen wir, mit dickem Bauch und tragen das Balg des Grafen!"

„Wie grazil und zartgliedrig sie ist, wie anmutig und erhaben sie sich bewegt, wir sollten uns an ihr rächen, sie prügeln oder gar entführen, einsperren in ein finsteres Loch, dass ihr der Hochmut vergeht. Bis der Graf seine Bastarde anerkennt und uns entlohnt".

„Sie ist sich zu fein um die Strapazen der Schwangerschaft und die Schmerzen der Geburt zu ertragen, so treibt sie ihn zu uns, um von seiner männlichen Gier, nicht belästigt zu werden! Was sucht sie hier im Wald?"

„Sicher will sie den lästigen Gatten mit verhexten Pilzen vergiften, ha ha".

Amadeus indes, hatte die heftig gestikulierenden Störenfriede längst entdeckt und die Bedrohung registriert.

Gleichwohl hatte er auch Spaß an dem Schauspiel. Er würde noch ein wenig warten und sie zappeln lassen, sich noch mehr zu ängstigen, würde ihr nicht schaden, dann käme er als ihr

146

Retter ins Spiel.

Amüsiert verfolgte er den Aufstand der jungen, zu allen Schandtaten bereiten Frauen, aus seinem Versteck.

Mutig, von ihrem Hass aufgestachelt, Traten sie aus dem Dickicht hervor, bauten sich frech vor uns auf und verstellten uns den Weg.

„Was wollt ihr?", fragte ich verwundert und sah in ihre feindseligen Augen.

„Ihr tragt die Schuld an unserem Elend, hohe Dame, wie ihr unschwer erkennen könnt, sind wir beschmutzt und entehrt, geschwängert von eurem holden Gatten der seine Vaterschaft leugnet!"

„Oh, was ihr nicht sagt, ihr behauptet allen Ernstes von ihm geschwängert zu sein. Aber mein Gatte kann nicht der Vater eurer Leibesfrucht sein, denn er kann kein Baby zeugen oder habt ihr mich schon gesegneten Leibes gesehen?"

„Sucht euren Erzeuger also anderswo. Ihr werdet schon wissen, wer euch beglückt hat und nun macht euch fort, schert euch von dannen, euer Versuch, uns zu verunglimpfen ist vergeblich!"

„Packt sie die Lügnerin, die Hexe", wurde ich mehrstimmig niedergebrüllt und musste den Ansturm wütender Weiber, über mich ergehen lassen.

Im Nu waren die aufsässigen Weiber zu einer wilden, blutrünstigen Horde erwachsen. Sie versuchten mich zu ergreifen, doch ich war schneller.

„Da und da, empfangt den Hauch der Hexe, als die ihr mich

147

schimpft", brüllte ich und versprühte die ätzende Substanz des Pfeffersprays so gezielt, wie ich es in meiner Lage vermochte.

Das Überraschungsmoment war auf meiner Seite und gab mir neue Zuversicht.

Hingerissen schaute er diesem wilden Spektakel zu, eine belustigende Aufführung, lebendig und echt.

Er staunte welche Kraft ihr innewohnte, ihre Angreifer abzuwehren.

Vermutlich würde sein Eingreifen gar nicht erforderlich sein, denn die wildgewordenen Furien, wendeten sich schreiend ab, doch schon bald stürzten sie sich erneut, laut kreischend vor Schmerz und überkochendem Zorn, auf ihr Opfer.

Was wird geschehen? Wenn er doch besser sehen könnte aus der Entfernung.

Gebannt starrte er auf den wilden Haufen.

Das Blatt schien sich gewendet zu haben, doch noch immer zögerte er einzugreifen und verharrte in seinem Versteck.

Sie hatten mich wiedereingekreist und überwältigt.

Heftige Schläge und unflätige Beschimpfungen prasselten auf mich hernieder.

„So haltet ein, ihr hirnlosen, verfluchten Weiber. Ihr wisst ja gar nicht was ihr tut, die Rache des Grafen wird vernichtend für euch sein", rief ich, und verteilte meinerseits gezielte Fausthiebe.

Doch sie ließen sich nicht beruhigen und zerrten mich unbeirrt durch wucherndes Dorngestrüpp.

„Wir schaffen sie in die einsame Jagdhütte!", keuchten sie,

atemlos vor Anstrengung. „Von dort kann sie nicht entkommen".

Die Jagdhütte war ein primitiver Schuppen, mit einem winzigen Lichteinlass, der zu allem Übel noch mit Brettern vernagelt, nur spärlich Tageslicht durchließ.

„So hört doch was ich euch zu sagen habe", rief ich in höchster Not. „Der Graf kann gar nicht der Vater eurer Bälger sein. Er kann überhaupt kein Vater werden und schon gar nicht der Bastarde von euch, oder habt ihr mich schon schwanger gesehen?"

„Er besitzt nicht die Fähigkeit, Kinder zu zeugen!"

„Also lasst mich gehen. Ich trage schon genug an der Last, keinen Erben aufziehen zu dürfen, ihr solltet mich eher bemitleiden", versuchte ich einzulenken.

„Bah, bemitleiden sollen wir Euch, das ich nicht lache", entgegnete die Hochschwangere spöttisch.

„Aber, wenn sie recht hat", warf eine andere nachdenklich ein, „ihr habt doch auch mit dem Hansi gelegen!"

„Ach, - der, das war nur ein Fehltritt, ein Hungerleider, was soll mir der, den will ich nicht", rief sie leidenschaftlich.

„Aber wenn der, der Vater ist?"

„Und wennschon, wen kümmert das, es weis doch keiner!"

„Schwätzt nicht so lange, lasst uns nun die Tür verriegeln, hier kann sie uns nicht entkommen".

„Wir sollten sie wieder frei lassen", mischte sich nun eine dritte ein.

„Was, - du auch, du fällst mir in den Rücken, du treulose

149

Verräterin. Hat der geile Graf dich nicht auch ins Heu gelockt, trägst du nicht auch seinen Bastard im Bauch?"

„Ja du hast Recht, sie ist das Übel, sie trägt an allem Schuld", besann sie sich, mit dem Finger auf mich weisend.

„Ich habe gewiss kein Mitleid mit -Der-", ergänzte sie mit hassblitzenden Augen.

Die Tür krachte hinter mir zu, das Geräusch des vorgeschobenen Riegels, ließ mich erschauern.

Ich saß in der Falle, wie konnte ich in solch eine Lage geraten, wie konnte so etwas Ungeheuerliches geschehen?

Meine Wut war unerträglich, im unbändigem Zorn begann ich das winzige Fenster zu traktieren, doch ich holte mir nur blutige Finger, das frische Holz gab nicht nach.

Verdammt, verdammt seist du, elender Hurensohn, du hast mir das alles eingebrockt, mein aufgezwungener, schwanzgesteuerter Angetrauter. Verflucht sei der Tag an dem ich dich einst getroffen habe.

Das Fass ist endgültig übergelaufen!

Hier hockte ich nun in düsterer Gefangenschaft, meiner ausweglosen Lage bewusst, dennoch würde ich nicht in lähmender Angst versinken und mich bedingungslos ergeben, meine Empörung verlieh mir Mut und Zuversicht, ha – auch dies werde ich überstehen.

Die Zeit schlich endlos dahin, ich lauschte auf Geräusche, den Kopf an die spärliche Öffnung gedrückt, vernahm ich zunächst nur das Rauschen des Windes.

Was hatten sie der kleinen Küchenmagd angetan, war es ihr

möglich, zu entkommen? So könnte sie Zeugnis geben, das aber würden meine Peiniger nicht riskieren, überlegte ich.

Was um Himmelswillen hatten sie mit ihr gemacht, in ihrem unbändigen Zorn?

Plötzlich hörte ich ein Rascheln, Äste knacken, sich nähernde Schritte.

War es schon dunkel? Wie lange schon war ich hier eingesperrt ohne Wasser und Licht?

Ich hielt den Atem an, vernahm ganz deutlich das Wiehern eines Pferdes, eine besänftigende Stimme, dann Schritte, der Riegel wurde geräuschvoll zurückgeschoben.

Das Gesicht von Amadeus erschien im Türspalt.

„Oh liebste Carla, hier finde ich euch endlich. Was ist euch geschehen, wer hat euch das angetan".

„Ich bin untröstlich euch in dieser Lage zu finden!", sagte er, scheinheilig und stürzte mir mit ausgebreiteten Armen entgegen.

„So kommt, ich befreie euch, weilt nicht länger in diesem unwürdigen Verschlag".

„Amadeus, mein Retter du?", wisperte ich in Freudentränen aufgelöst und schmiegte mich aufseufzend in seine starken Arme.

„Oh ich bin so erleichtert, wie hast du mich gefunden, mein Freund?

„Nun ja, ich habe dich vermisst und keine Ruhe gefunden, so habe ich dich gesucht, selbst als es schon dunkel wurde, habe ich nicht aufgegeben, bis ich dich endlich hier fand".

„Ich hätte alles für dich getan", prahlte er und ließ seinen Dolch, angeberisch im Mondschein aufblitzen.

Mein Hass und meine Wut, waren verflogen, nun ja, -eher verdrängt, als ich das vertraute Schloss betrat.

Giesbert trat uns aufgelöst in größter Sorge entgegen.

„Ich habe keine Worte für solch eine Ungeheuerlichkeit", zürnte er aufgebracht, als er von meinem Martyrium erfuhr.

„Das muss gesühnt werden!", polterte er mit wutverzerrtem Gesicht.

„Die niederen Dorftrampel wagen es, sich an dir zu vergreifen, - an dir, der Fürst Lady. Einfach unverschämt und verwerflich, die Strafe wird fürchterlich sein", wütete er.

„Ich selbst werde die Auspeitschungen vornehmen und die Anführerin hängen, das wird das Gesindel lehren, ihre Herrschaft gebührend zu respektieren!"

„Das wirst du hübsch bleiben lassen, so sehr mir selbst an einer strengen Bestrafung gelegen ist, so dürfen sie keinesfalls geschlagen oder gefoltert werden. Denn zwei von ihnen sind hochschwanger, auch eine dritte ist tragend und du bist der Vater der zu erwartenden Brut.

Aber das kann ja gar nicht sein - oder Giesbert?"

Ich sah tiefe Röte in seine Wangen schießen, seine Augen wichen mir aus, sein Kopf senkte sich verschämt.

Zum ersten Mal sah ich ihn sprachlos vor Verlegenheit.

„Nun, - was ist, du antwortest nicht, aber tröste dich, ich habe für dich gesprochen!"

„Was hast du gesagt?", brachte er krächzend hervor, „was

weißt du denn?...

„Äh, - ich weis alles, mehr als genug und was gut für mich ist, dessen sei gewiss, jetzt willst du wissen was ich gesagt habe, um dich rein zu waschen von den Anschuldigungen".

„Ja so rede".

„Nun, ich habe versichert, das du keinesfalls der Erzeuger und Vater der Geschwängerten sein kannst. Denn du bist ja steril und nicht imstande Babys zu zeugen".

„Du machst wohl Witze, treibst Scherz mit mir, nun gut, ich habe es verdient. Ich hätte dich besser beschützen müssen vor dem niederen, ungebildeten, neidischen Weibervolk, aber was du mir nun eröffnest, ist lächerlich", prustete er und brach in schallendes Gelächter aus.

„Komm, ich werde dir eine Kostprobe meiner Männlichkeit geben", fügte er hinzu und drängte mich auf unser Schlaflager.

Ich erwachte von polterndem Türenkrachen, Giesbert stand furchteinflößend im Raum, seine Miene verhieß nichts Gutes. Ich habe sie alle verhört, du hast mich der Lächerlichkeit preisgegeben, man sieht mich nicht mehr als richtigen Mann, alle grinsen mitleidig über mich!"

„Das wirst du mir büßen du hinterhältiges Frauenzimmer, das ist mehr, als ich ertragen kann. Ich werde dich züchtigen, das du es nie mehr vergisst, was ich schon lange hätte tun sollen!"

Es schien ihm mehr an seiner Herrschaft und Macht, über mich gelegen zu sein, als mir Schmerzen zu zufügen, eine Strafe um seine Überlegenheit zu demonstrieren.

Er wollte mich reumütig, um Gnade flehend - gebrochen zerstört am Boden sehen.

Furchterregend, wie der Leibhaftige, baute er sich vor mir auf.

Erschrocken fuhr ich hoch!

„Nein, das wirst du nicht wagen, du hast doch nicht vor…"

Mit einem Satz war ich aus dem Bett.

„Oh doch, diesmal wirst du deiner Strafe nicht entgehen".

Die Peitsche sauste durch die Luft, doch sie landete kraftlos, wieder und wieder.

Seine Augen bohrten sich in meine.

Anstatt lauthals zu kreischen, stöhnte ich nur verhalten und hielt seinem Blick stand.

Fast glaubte ich gar, so etwas wie Mitleid und Reue darin zu sehen, nutzte den Moment seiner Unachtsamkeit, um mit einer blitzschnellen Bewegung, die Knute an mich zu reißen und den Spieß umzudrehen.

Nun war die Macht auf meiner Seite, es war mir ein höllisches Bedürfnis, ihm annähernd die gleiche Anzahl an Hieben zurückzugeben.

„Du allein bist es, der eine Strafe verdient hat", zischte ich und holte zu einem neuen Hieb aus.

Vermutlich stehst du im geheimen auf Maso - und Domina Spiele, so bin ich heute deine Domina.

Vor ungläubigem Staunen, ob dieser Ungeheuerlichkeit, erstarrte er, sprachlos, geduckt, den nächsten Schlag zu empfangen.

In meiner unbändigen Wut, schlug ich blindlings auf ihn ein,

154

bis ich ihn, statt meiner von Schmerzen gepeinigt am Boden sah.

Hocherhobenen Hauptes, reckte ich mich über ihn.

„Nun ist es genug, jetzt hast du meine Rache zu spüren bekommen, - wir sind quitt. Ich werde gehen, kann hier nicht mehr atmen, bei einem wie dich!"

Spie ich zwischen den Zähnen hervor, warf die Peitsche von mir und wendete mich zum Gehen.

Eben noch zerstört am Boden kauernd, stand er plötzlich vor mir und verstellte mir den Weg.

„Du wirst nirgendwo hingehen", knurrte er, mit wutverzerrter Miene, „ich bestimme über dich, du wirst bleiben, bis an mein Ende".

Er schob mich barsch zur Seite, die Tür knallte hinter ihm zu, er war gegangen.

Doch er ging nicht ohne sein soeben gefasstes Urteil, die aufsässigen Weiber noch an diesen Morgen zu exekutieren, lauthals kundzutun. Und mit Hilfe seiner Schergen, umgehend in die Tat umzusetzen.

Die Empörung des Bauernvolkes war unvorhergesehen, niederschmetternd.

Eine Rebellion, ein Volksaufstand, blieb nicht aus.

Mit Pieken und Mistforken bewaffnet, traten sie ihm mutig entgegen.

Nun trachtete man ihm nach dem Leben, er musste fliehen vor dem aufgebrachten Mob.

Ich hatte es kommen sehen, sie stürmten das Schloss.

Zum ersten Mal seit langer Zeit, wurde die Zugbrücke über den Wassergraben hochgezogen, um ihn vor den wütenden Verfolgern zu retten. Das hatte es noch nie gegeben!

Das Volk, das zu schützen seine Aufgabe war, musste nun zu seinem Schutz, ausgeschlossen werden.

Ich sah ihn gehetzt um sein Leben rennen, die Auffahrt hinauf, er passierte die Zugbrücke und gab brüllend Befehl sie hinter ihm, hoch zu ziehen.

Hannes bemühte sich nach Kräften, doch der Hebel war eingerostet.

„Mann, worauf wartest du, siehst du nicht das sie uns folgen, du Nichtsnutz!", keuchte Giesbert und machte sich selbst an dem Hebel zu schaffen.

Endlich, im letzten Moment gelang das Manöver.

Die Brücke hob sich und verwehrte dem wütenden Mob die Verfolgung. Jetzt sah ich ihn über den Hof laufen.

Ein ungläubiges Staunen - ja Todesangst, verzerrte sein Gesicht.

Doch kein Funken Mitleid, regte sich in mir, oder doch?

Ich wusste, sie würden das Schloss umlagern, würden uns aushungern, bis wir Ihn, ausliefern würden.

Nur ein Geheimgang, aus längst vergangener Zeit, konnte ihn retten, doch wohin sollte er fliehen?

Ich kannte einen Ort, an dem er vor jeglicher Verfolgung sicher wäre, doch in meinem Groll, war ich nicht willens, diesen Weg in Betracht zu ziehen.

Die Flucht in meine Zeit, wäre seine Rettung, doch sie würde mir selbst schaden. Die verlorenen Jahre wären umsonst, vertan, alles würde von vorne beginnen.

Ich hielt mich von ihm fern, zog mich zurück, wich vor ihm aus. Ich verwehrte ihm jegliche Berührung und schwieg verbissen. Zutiefst gekränkt, zog er sich in das Herrenzimmer zurück und betäubte sich mit Alkohol.

Eisiges Schweigen, umgab uns bei Tisch.

„Ich kann nicht mehr mit dir sein, kann hier nicht mehr atmen. Ich werde ausziehen, in ein anderes Gemach, die Kemenate der alten Gräfin steht leer!", verkündigte ich, als er mich am nächsten Morgen, verkatert und zerknirscht in unserer Kammer aufsuchte.

„So so, die Gnädigste kann mich nicht mehr ertragen, lässt mich fallen, jetzt da ich am Boden liege. So spar sie sich die Mühe, ich selbst werde mir ein anderes Gemach suchen, wenn ich ihr lästig bin".

„Das Herrenzimmer ist mir allemal lieber als deine eiskalte, herablassende Miene", grummelte er und machte sich an der Truhe zu schaffen.

Fortan begegneten wir uns nur noch bei den Mahlzeiten.

Der Weg ins Dorf war und blieb uns versperrt, vor dem Tor lagerte hartnäckig der Pöbel.

Die Zugbrücke verwehrte nicht nur ihnen, sondern auch uns den Zugang.

Die Lebensmittel wurden knapp.

Das Gesinde meuterte.

„So geht doch alle zum Teufel!", herrschte Giesbert sie an und

157

scheuchte sie in Anwandlung eines Wutanfalls in den Geheimgang.

„Was glaubt ihr wer ihr seid. Ohne euch sind wir besser dran, fort mit euch. Ihr werdet bald sehen das...aber glaubt nicht, ich werde euch wiederaufnehmen, wenn ihr eines Tages reumütig angekrochen kommt", grollte er, und verrammelte den Zugang, mit Hilfe seines Knappen.

Nun oblag es mir allein, aus den kargen Resten, die verbliebenen Schlossbewohner zu beköstigen.

Derer waren es nun nur noch 9 Personen.

Doch auch für uns kam der Tag, an dem das letzte Schwein und Huhn geschlachtet, die letzte Kuh gemolken, der Ziegen und Kaninchenstall leer war.

„Ich werde mich stellen und dem Mob ausliefern, das ist es doch, was ihr alle und besonders du mein Weib willst", sagte Giesbert, in einer Anwandlung von Reue, als er die Ausweglosigkeit unserer Lage im ganzen Ausmaß erkannte.

Über Nacht hatte es geschneit, ein unerwarteter Wintereinbruch, bescherte uns zusätzliche Sorgen.

Brennholz musste geschlagen werden, doch der Wald war unerreichbar für uns.

In abendfüllenden Debatten, beratschlagten die beiden Männer Giesbert und Hannes, wie sie an das kostbare Holz gelangen sollten.

Während die gräflichen Brüder sich schulterzuckend zurück hielten, als ginge sie dass alles nichts an.

Mehr denn je zeigten sie offen ihre Verachtung dem, der

ihnen diesen Schlamassel eingebrockt hatte.

Sie gingen ihm aus dem Weg, mieden seine Gesellschaft kontinuierlich.

Einzig Hannes war und blieb seinem Herrn treu ergeben.

Doch nicht nur für uns, waren die Schneemassen und erst recht die Kälte eine Katastrophe, denn zu unserer Erbauung, schwand die Zahl der hartnäckig, ausharrenden Belagerer.

Nach nur fünf Tagen sah ich durch mein Fernglas, nur noch einige hartgesottenen Männer im Schnee kauern.

Die Not die uns gleichermaßen betraf, schmiedete uns wieder zusammen, wir sprachen wieder miteinander.

Zu lange hatten wir geschwiegen, gab es doch so viel zu bereden.

Zögernd und behutsam, ja schüchtern zuerst, näherten wir uns einander, ein zaghafter Neuanfang.

Gegen jede Vernunft, ließ ich mich wieder von ihm umgarnen, lauschte seinen nichtssagenden, Liebesbeteuerungen, ohne auch nur ein Wort zu glauben. Duldete ich seine Umarmungen und Küsse und ließ ihn wieder mein Bett belagern.

Die Winternächte waren kalt – zu kalt allein im Bett.

Worauf auch warten, wir waren Mann und Frau, geschaffen für die Liebe und Vereinigung. Wir hatten beide extremen Nachholbedarf und hielten die berauschenden Gefühle der sinnlichen Lust für neuaufkeimende zärtliche Bande.

Doch ich war auf der Hut, die Vergangenheit hatte mich gelehrt, ihm nicht blindlinks zu vertrauen und mich in Sicherheit zu wiegen.

159

Doch die eintönige Tristesse, ließ sich so viel besser ertragen. Die Tage und besonders die schlaflosen Nächte waren nicht mehr so lang und sinnlos.

„Wo ist deine heldenhafte, kämpferische Armee, jetzt da wir sie am nötigsten brauchen?", fragte ich ihn eines Morgens am Frühstückstisch, als wir missmutig auf altbackenen Haferfladen herum kauten und sie mit warmen, verdünntem Bier herunterwürgten.
„Du musst einen Boten aussenden!"
„Nun, - der Bote kann ja ich nur sein", meldete sich Hannes zu Wort, der seit der Belagerung bei uns an der Tafel sein Mahl einnahm.
„So sei es denn, ich werde selbstverständlich diese Aufgabe übernehmen!", erklärte er sich bereit.
„Heute Nacht also, benutze ich den unterirdischen Stollen und wage mich in die Höhle der Löwen, aber ich kann euch nichts versprechen, wer weis ob sie nicht am Ausgang auf uns lauern!"
Gesagt getan. Uns blieb, nur zu warten.
Wir warteten drei Tage, ohne zu wissen was uns die Aktion einbringen würde.
Am vierten Tag endlich, sahen und hörten wir Sie, erlebten die rettende Erlösung unserer unfreiwilligen Gefangenschaft.
Die Zugbrücke wurde umgehend heruntergelassen.
Der Jubel war groß, unsere lähmende Untätigkeit hatte ein Ende genommen.
Zwei Tage währten die ausgelassenen Feierlichkeiten und

ausartenden Saufgelage.

Nun gab es viel zu tun, das Leben begann wieder.

Mit dem großen Pferdewagen, wurden unermüdlich Nahrungsmittel beschafft.

Was nicht immer mit redlichen Mitteln ablief, wie mir bald klar wurde. Die Bauern wurden geschröpft und um ihre schwer erarbeiteten Vorräte gebracht, was den Hass auf die Grafensippe wieder neu anfachte.

Ungeachtet dessen, bereicherten sich die ausgehungerten Männer, an allem Notwendigen und darüber hinaus, an allem Möglichem, was unsere Vorratskammer füllte.

Das wiederum, brachte die Gesetzeshüter auf den Plan.

Nach und nach, stellte sich das Gesinde, reumütig wieder ein.

Sie erhielten jedoch nicht alle ihre alte Stellung zurück, denn ich war inzwischen sicher, dass schon die Hälfte der Mägde und Knechte ausreichen würden.

Wenn man die geschwätzigen und arbeitsscheuen, wohl wissentlich ausspart, welches mir gut möglich war, da ich meine Pappenheimer gut kannte.

Ebenso gesellte sich die liebe Verwandtschaft, die zahlreichen Töchter, welche längst schon ihre eigenen Familien hatten, dazu.

Das Haus füllte sich mit Leben, Lachen, Kindergesang und guter Laune.

Doch Giesberts Laune wollte sich nicht heben, denn nach jedem Zug durch die Gemeinde, kam er niedergeschlagener zurück.

Viele die ihn einst als Held bejubelt, verachteten und verspotteten ihn nun.

Ein erdrückender, schwarzer Schatten verfolgte ihn, saß ihm wie ein Höllenhund im Nacken, kündigte Unheil an.

Seine Großspurigkeit, sein Selbstwertgefühl, hatte er eingebüßt, was mich zunächst rührte, mich jedoch bald von ihm entfremdete, er war ein anderer geworden. Nicht mehr der strahlende Siegertyp, dem alle wohlgesonnen, eingedenk der Spur, die er hinterließ.

Des Menschen Psyche ist ein seltsam Ding, denn einen geprügelten, geduckt kriechenden Hund scheucht man, statt ihn zu hätscheln und aufzumuntern.

Auch ich hatte in tiefster Seele nur Mitleid und Verachtung für ihn. Was ich mir jedoch nicht eingestehen mochte.

Längst war nicht alles ausgestanden, Giesbert drohte eine Gerichtsverhandlung, mit Verkündung einer Strafe und abschließender, angemessener Vollstreckung.

Mich würde es nicht wundern, wenn man womöglich den Tod durch Erhängen für ihn beschließen würde, ich behielt meine Befürchtungen jedoch für mich.

Der Schultheiß hatte nur ungern auf die belebenden Abende, bei einem guten Tropfen, mit Würfelspielen und anregender Unterhaltung, köstlicher heißer Pasteten mit Schabefleisch und Kastanien gefüllt und süßen Haferküchlein im Schloss, verzichtet. Doch das köstlichste an diesen anheimelnden Abenden, war der liebliche Anblick der reizenden Gattin, des so leicht aufbrausenden Grafen, die ihm das Blut in Wallung

162

brachte und der Fantasie ungeahnte Träume entlockte.

„Der wird dich gewiss nicht zum Tode verurteilen", mutmaßte ich und versuchte somit meinen verängstigten Gatten zu beruhigen, der sich in der letzten Nacht vor der Verhandlung, verzweifelt, hilfesuchend, wie ein furchtsames Kind an mich klammerte.

Kapitel 12: Wilde Fantasie

Der Schultheiß indes verschwendete kaum einen Gedanken an den Prozess. Er schwelgte in lebhaften Erinnerungen versunken, ergriffen von der spürbaren Nähe ihrer Erscheinung.

Fasziniert von dem Spiel der Schatten ihren langen Wimpern, welche der flackernde Kerzenschein auf ihre Wangen warf, während sie selbstvergessen über einer Handarbeit saß.

Seine Augen verweilten wie gebannt auf ihrem Antlitz und der anmutigen Gestalt.

Doch er senkte sogleich beschämt, wie ertappt seine Augen, wenn ihr Blick ihn zufällig traf.

Oh Mann, was gibt es größeres, als von solch unglaublichen Augen beachtet oder auch nur gestreift zu werden. Wenn sich ihr Blick auch nur kurz zu ihm verirrte, traf er ihn wie ein Pfeil und ließ einen heißen Schauer der Wollust den Rücken hinab zu den Lenden prickeln.

Bei Gott, solch ein Weib gibt es kein zweites Mal, nie zuvor hatte er so ein Weib geschaut, nie vorher ein Weib, ihn so in Verwirrung gebracht, wie Sie, - die Sünde in Person.

Auch wenn sie sich gab, ohne Geziere, so faszinierte ihn dennoch, wie sie sich bewegte, wenn sie mit fahrigen Fingern ihr Engelshaar zurückstrich.

Haar, so hell wie Weizenstroh, so glänzend wie Sonnenstrahlen auf frisch gefallenen Schnee, dass man sich

164

geblendet glaubte und dennoch den Blick nicht zu lösen vermochte.

Selbst ihre Gewänder waren außergewöhnlich, von feinem Gewebe, weich und anschmiegsam, passten sie sich der Körperformen an, ließen alle köstlichen Rundungen, welche man sonst nur erahnte, sich abzeichnen.

Wo gab es solch Tuch, wer besaß die Kunst, so etwas spinnenfeines zu weben.

Wie lang mag ihr Haar wohl sein, wenn es in Wellen offen über den Rücken fließt, sicher reichte es bis über den Po.

Ach und der Duft der sie umgibt wie ein Hauch - nicht aufdringlich wie, aeh – sondern ganz leicht, doch angenehm, - rein süchtig machend wie eine Blumenwiese in die man sich verkriechen möchte.

War sie keine Hexe, so doch aus einer anderen Welt, fantasierte er weiter.

Ein Wesen nicht geschaffen für einen normalen Sterblichen, wie nur ein Edelmann ihrer würdig ist, doch warum nur ein Graf, war er weniger Wert?

Wie wäre es, wenn sie -Seine- wäre, ihm alleine gehörte, ohne diesen lästigen Gatten.

Oh er würde sie hegen wie einen kostbaren Schatz und nicht so vernachlässigen wie dieser Draufgänger.

Plötzlich sah er alles ganz klar vor sich, sein Plan konnte aufgehen. Er hatte die Macht dazu.

Nur zu gerne würde er sich der einsamen Witwe annehmen.

Nun, - die Besuche, die angenehmen, erquicklichen Abende

165

auf dem Schloss, brauchten doch nicht ausfallen, der unterhaltsam Amadeus, war ihm ebenso genehm.

Ja er konnte gar das ganze Schloss konfiszieren und selbst dort Einzug halten, überlegte er weiter.

Wäre es nicht der angemessene Rahmen für ein hochstrebendes, erfolgreiches Mannsbild wie ihn und die schöne Gräfin?

Er verlor sich in utopische Träume, sponn sich in eine andere Welt, in höhere Sphären unter der Wirkung des Alkohols der ihn allmächtig erschienen ließ.

Morgen, - ja schon morgen würde sich sein Schicksal erfüllen. Er brauchte nur...

Die Nacht wollte kein Ende nehmen, gleichsam war sie viel zu kurz.

War es unsere letzte gemeinsame Nacht unter dem Dach der Ahnen?

„Du glaubst, er wird mich begnadigen und ungeschoren davonkommen lassen, Liebste. Nur um weiterhin in den Genuss unserer geselligen, abendlichen Zusammenkünfte und deines lieblichen Anblicks zu kommen, liebste Carla? Bedenke, er ist nicht gerade mein Freund!"

„Aber auch nicht dein Feind!", bemerkte ich gutgläubig.

„Nun ja, er muss den Schein wahren, mit ein paar Jahren Kerker oder einigen Stockschlägen, musst du schon rechnen!" Fügte ich hinzu.

„Ich denke vielmehr, dass er mich aus den Weg haben will, habe ich doch seine lüsternen Blicke auf dich gesehen", gab

166

Giesbert zu bedenken.

„Du meinst, er könnte seine Macht missbrauchen und dich...? Dann solltest du fliehen, noch in dieser Nacht, jetzt gleich!"

„Ich soll mich feige davonstehlen?, ich bin kein Feigling, ich habe immer noch meine Würde!"

„Ach, deine dumme Würde und Ehrbarkeit, die hast du doch längst schon selbst zerstört, begreife doch, es geht um dein Leben", widersprach ich, und drängte ihn zum sofortigen Aufbruch.

„Du weist doch wo du in Sicherheit bist, so geh jetzt oder geh wieder in deine alte Heimat, von der du so lange schon träumst, sicher triffst du da viele deiner Sippe noch lebend an! Stärke dich dort und sammle deinen Clan und die Kampftruppe deines alten Herrn zusammen und dann..."

„Ich weis selber was ich zu tun habe", erwiderte er ungehalten, „aber du kannst nicht wirklich wollen, das ich mich allein, zurück auf den weiten Weg begebe und ohne dich vor meine Sippe trete".

„Ach, das ist doch unrelevant, du kannst mich ja später nachholen".

„Ich soll dich hier allein zurück lassen", empörte er sich.

„Ja es wäre doch nur für eine gewisse Zeit, bis die hitzigen Gemüter sich wieder beruhigt haben, besonders die Obrigkeit und der Klerus".

„Das Volk vergisst schnell, der ewige Kampf ums Überleben, lässt sie alles andere bald in den Hintergrund abtauchen".

167

„Oh nein, niemals werde ich ohne dich gehen, dessen sei gewiss!"

„Wir werden sehen, mein Lieber, in der Not frisst der Teufel auch Fliegen, noch ist Zeit zum gehen".

Wir lagen Kopf an Kopf wie ein Liebespaar auf einem Kissen, dem Kissen das ich einst mühevoll mit viel Herzblut und Geschick selber mit feinen Daunen und Hühnerfedern gestopft hatte. Unendlich viel Zeit und Mühe hatte es mich gekostet, auch die Bettdecke zu füllen, um nicht bei verrauchter Kaminwärme mit ungesunden Dämpfen, schlafen zu müssen.

Nun wärmten sie unsere Körper, fast fühlte ich mich wie zu Hause. Wenn da nicht das düstere Gespenst des Unheils uns umlauern, uns hämisch angrinste und uns verspottete.

Eine eisige Hand griff nach uns, gleichwohl konnte uns die wärmende Decke, die uns umhüllte, doch nicht schützen vor dem Unheil, das sich über uns senkte.

Der klagende Ruf eines Käuzchens ließ uns erschauern.

Ich suchte nach seiner Hand und drückte sie, schloss meinen Arm um seinen Körper. Ich schmiegte mich an ihn und raunte ihm unsinnige Versprechen und Liebesbeteuerungen ins Ohr.

„Alles wird gut, ich werde immer auf dich warten!"

So mag er glauben, eine liebende Gattin zurück zu lassen, doch meine wahren Empfindungen waren weit davon entfernt.

Nur noch Gewohnheit, Vernunft und die Verbundenheit so vieler gemeinsam verbrachter Jahre.

Die Sorge vor dem Ungewissen und ein unsägliches Mitleid mit dem einst so stolzen, lebenslustigen, kühnen Ritter, dem strahlenden Siegertypen, beherrschte mein Denken und Fühlen.

„Ich werde dir stets zu Seite stehen, was immer dir auch wiederfährt mein Gatte", tröstete ich ihn.

Im Überschwang der Gefühle, glaubte ich in diesem Moment selbst was ich aussprach und strich ihm beruhigend über die Wange. Sein erstarrter Körper lockerte sich, seine Hände umfassten mich, sein Mund fand meine Lippen zu einem letzten Kuss.

Am Himmel zeigte sich der erste helle Schimmer, der Mond verblasste, der neue Tag hatte begonnen.

„Du musst jetzt aufstehen und dich ankleiden, wähle dein bestes Gewand, als wärest du zu einem fürstlichen Empfang geladen!", sagte ich, nüchtern und ermunterte ihn, der Gefahren die seiner harrten, gelassen ins Auge zu sehen, Gott wird dir beistehen.

„Gott wird mich strafen, alles habe ich falsch gemacht, konnte meinen Trieb nicht beherrschen. Der Teufel hat mich versucht, ich habe meinen Samen unnütz verstreut, jetzt ernte ich die faulen Früchte."

„Deine Reue kommt zu spät mein Lieber, doch ich verzeihe dir. Ich werde da sein, werde dir beistehen, wenn sie das Urteil verkünde ,und bedenke, du hast den Vorteil der Unsterblichkeit", fügte ich hinzu und sah ihm nach, als er sich räuspernd, doch mit gestrafften Schultern, Gleichgültigkeit und Stärke vortäuschend mit festen Schritten auf den Weg in die Verderbnis begab.

Doch mich brauchte und konnte er nicht täuschen.

Ein mulmiges Gefühl machte sich in mir breit, gebe Gott, das er mit einer Gefängnisstrafe davon kommt, dachte ich erschauernd.

In Begleitung von Amadeus, David und Gunter, den jüngsten Sprösslingen des Hauses, mittlerweile 13 und 15-Jährig, machte ich mich, mit gemischten Gefühlen alsbald auf den Weg, um der Verhandlung beizuwohnen.

Der ganze Ort, hatte sich bereits um den Richtplatz versammelt.

Ein lebhafter Trubel erwartete uns. Es brodelte unter der Oberfläche.

Hämische Blicke maßen uns.

Stühle in der ersten Reihe waren eigens für uns bereitgestellt, wie üblich für die Blaublütigen. Herrschaften, niedrigem Ranges mussten mit unbequemen Schemeln vorliebnehmen.

Das jedoch schwächte nicht den Genuss der besonderen Zerstreuung, eine abwechslungsreiche, willkommene Aufführung und Belustigung der gebeutelten, erlebnishungrigen Bevölkerung.

Während ich meinen Platz einnahm, sah ich ihn, meinen Gatten mit gesenktem Haupt, mit gebundenen Handgelenken, von beiden Seite eskortiert, scheinbar unberührt und ergeben, seinem Urteil entgegensehend.

Der Richter in Person des Schultheiß, hatte bereits das Wort ergriffen.

Ohne viel Umschweife kam er auf den Kern.

„So sind wir zu dem Schluss gekommen, aeh, - der hier anwesende Graf von Elzen in allen Punkten schuldig, des vorsätzlichen Mordes und" – hier machte er eine bedeutungsvolle Pause... Und zum Tode durch den Strang verurteilt, er möge hängen, bis das der Tod eintritt!", verkündete er mit donnernder Stimme, das ein jeder es hören konnte. Die Pfaffen und der Klerus, die ihn umgaben, nickten eifrig zustimmend.

Mir stockte der Atem, ich glaubte zunächst, mich verhört zu haben, das konnte er nicht wirklich gesagt haben.

Oh mein Gott. Hängen bis der Tod eintritt, bestimmt dieser gottverdammte Satansbraten.

Und wenn der Tod nicht eintritt, während in einer endlosen Qual die Organe, wie Kehlkopf, Speiseröhre, Stimmbänder ihre Funktionen einstellen, des Menschen Gabe, sich mitzuteilen.

Das Zungenbein, wird brechen und die Luft abdrücken.

Doch wie soll ein Wesen leben ohne Luft, hört da die Unsterblichkeit auf?

Mein Blick richtete sich auf den Verurteilten, der ungläubig erst, dann entsetzt, wie vom Blitz getroffen zusammenzuckte.

Es drängte mich aufzuspringen und in die dreiste Visage des wohlgefällig grinsenden Ungeheuers zu schlagen, ja er grinste tatsächlich, doch nur einen Moment.

Augenblicklich veränderte sich seine Miene als er meiner ansichtig wurde.

Ich hatte mich wutschnaubend erhoben, gehalten von Amadeus und David, die mich von meinem überstürzten,

unsinnigen Vorhaben abhielten. Ich bebte vor Zorn.
Scheinbar ungerührt fuhr er fort.

„In Anbetracht dessen, was den Beschuldigten zu seiner Tat veranlasste und seines hohen Ranges, gewähre ich dem Angeklagten einen Tag und eine Nacht, um seine Angelegenheiten zu regeln.

Gleichwohl steht der Angeklagte unter strenger Bewachung, bis zur Vollstreckung. Das Urteils ist hiermit rechtsgültig und nicht mehr rückgängig zu machen!", endete er und trommelte abschließend auf seinen Pult, um den ausbrechenden Tumult zu übertönen und wandte sich ungerührt dem nächsten Fall zu. Nicht ohne einen letzten undefinierbaren Blick auf mich zu werfen.

„Aber das könnt ihr nicht machen, ihr habt nicht die Macht, einen Ritter des Königs und schon gar nicht den ranghöchsten Grafen unseres Bezirks, des Todes zu verurteilen", erboste sich Amadeus lautstark.

„Wie, - was schwätzt er da?"

„Ich allein habe jedes Recht, hier für Ordnung und Gerechtigkeit zu sorgen, nun geh er mir aus den Augen, sonst"…

„Schweig Bruder, komm es hat keinen Sinn", murmelte der jüngere Bruder und zog ihn beherzt am Ärmel.

Aller Augen waren nun auf uns gerichtet.

Hämische, schadensfrohe Blicke, in denen ich kein Mitleid erkennen konnte, verfolgten uns.

Sei es drum, ich brauche euer Mitleid nicht.

Ihr werdet alle längst zu Staub zerfallen sein, während ich mich noch immer des Lebens erfreue, dachte ich mit Genugtuung.

Doch ich lebte hier und jetzt. Anno 1356, muss mich mit den Bedingungen der Zeit begnügen und abfinden, musste mit den Wölfen heulen.

Meine Augen wanderten zu dem Platz an dem Pranger, an dem noch immer schreckerstarrt mein Gatte verharrte.

Mit einem Ruck, befreite ich mich aus dem Griff meiner Begleiter und stürmte in blinder Hast, selbst auf das Podium meinem Gatten entgegen und zog den halb Wahnsinnigen in meine Arme.

„Komm mein Liebster, bleib nicht länger hier an dem Ort der Schande, das ist nicht das Ende", flüsterte ich, unter Tränen und zog ihn energisch mit mir.

Unter den wachsamen Augen der Wärter, nahmen wir ihn in unsere Mitte.

Dicht gefolgt von den bewaffneten Wachen, entfernten wir uns von dem verhassten Platz.

Wir erreichten das Schloss. Ungeachtet der neugierigen Dienstboten, die unseren Weg säumten, stiegen wir die Stufen zu unserem Gemach hinauf, noch immer gefolgt von den hartnäckigen, uns umlagernden Schergen des Schultheiß.

Eine Lachnummer, rückblickend auf diese unwürdige Szene.

Doch noch war ich in dieser Zeit gefangen!

Wir wünschten uns nichts sehnlicher, als endlich allein zu sein, so viel musste beredet werden.

„Was ist, - wollt ihr uns bis ins Bett begleiten, ihr Lüstlinge?",
schert euch gefälligst vor das Portal, dort könnt ihr Wache
halten solange es euch beliebt!", zischte ich böse.

Sie trollten sich, verlegen grinsend und bezogen ihren Posten
vor dem gewaltigen Haustor im Schutz der prächtigen
Marmorsäulen beidseitig.

Endlich konnte ich die Tür hinter uns verschließen und mich
meinem, wie in Trance befindenden Gatten, zuwenden.

„Nun ist es doch geschehen, dir bleibt nur die Flucht, es ist
müßig dir Vorwürfe zu machen, nun musst du die Folgen
deines Lotterlebens ausbüßen.

Du weist, das es nur einen Ausweg aus deiner desolaten Lage
gibt, den Geheimgang, welchen du schon gestern hättest
gehen sollen. Mit ein wenig Glück, wird das keiner bemerken".

„Ich werde die Wachen ausreichend mit Alkohol versorgen
lassen, bis du in Freiheit, deinen Weg beginnen kannst!"

„So muss ich nun also gehen, - allein ohne dich?"

Ich nickte nur.

„So sei es denn, aber ich werde wiederkommen um dich zu
holen, mit einer Armee Soldaten, werde ich mich rächen, so
Gott mir bei steht".

„Ja, so sei es und ich werde auf dich warten, wie lange auch
immer es dauern mag!", versprach ich und wusste doch, dass
es eine gnädige Lüge war, denn mein Sehnen galt einzig,
meinem Liebsten in der anderen Zeit und mich selbst
von dieser Zeit zu befreien, um endlich meinen Frieden finden
zu können.

„Ruhe dich aus von dem Stress mein lieber, armer Gatte, überlass nur alles mir".

Ich erwischte die beiden Diener lauschend vor der Tür.

„Ach da seid ihr ja, so kennt ihr unsere Situation. Hört gut zu, denn wir sitzen alle in einem Boot, versorgt die Wachen vor dem Haustor bestens. Haltet sie bei guter Laune, das heißt, versorgt sie mit dem stärksten Fusel, auf das sie bald in seligem Rausch versinken", wies ich sie verschwörerisch, augenzwinkernd an.

„Ach - und lasst sie um Himmelswillen ausschlafen, - bis morgenfrüh", fügte ich, gespielt munter hinzu und erntete ein johlendes Gelächter.

Das Schicksal, oder wie immer man es nennen mag, nahm seinen Lauf.

Noch bevor die Nacht sich senkte, hatte ich ihn in den geheimen Stollen, den unterirdischen Gang und somit in die Ungewissheit, dem was nun folgen würde geleitet und mit scheinheiligen Küssen und der Ermahnung, Vorsicht walten zu lassen, verabschiedet.

„Ich bin nicht bereit, jetzt schon in Demut vor meinen Schöpfer zu treten", waren seine letzten Worte, ehe er mit der Dunkelheit verschmolz.

Nun war ich allein, war frei, endlich befreit von einer bedrückenden Last.

Doch die Erleichterung und Freude, wollte sich nicht einstellen.

Angesichts meiner Absichten und Pläne, beschlich mich eher

ein ungutes Gefühl und ein schlechtes Gewissen.

Hannes hielt vor dem Dorf wartend, zwei robuste Reitpferde mit reichlich Verpflegung bereit. Süchtig nach einem neuen Abenteuer, war es selbstverständlich für ihn, seinen Herrn stets und gerade auf seiner Flucht zu begleiten.

Die gnädige Stille und Ruhe der Nacht, hüllte mich in wüste Albträume, die mich schier zu erdrücken schienen.

Ich irrte durch einen gespenstischen, endlosen Wald von wüsten, fratzenhaften Gestalten verfolgt. Ich strauchelte, verfing mich in Wurzeln und Flechten, ein Entkommen war mir nicht möglich.

„Ergreift sie, sie soll hängen die Sünderin. Nein brennen soll sie, die Hexe, auf den Scheiterhaufen mit ihr".

Nein oh Gott, nur das nicht, seht ihr denn nicht, das ich keine Hexe bin, wollte ich schreien, doch ich brachte keinen Ton heraus.

Entsetzt den Tod vor Augen, schreckte ich auf und sah mich erleichtert in Sicherheit, in meinem, wenn auch trostlosen kargen Gemach, bar jeglichem schmückenden Mobiliar.

Nur drei verzierte hölzerne Truhen, ein derber Tisch und eine primitive mit Stroh gefüllte Matratze, in einem Kasten wie ein Sarg, auf dem ich zitternd hockte, füllte den Raum.

Wie konnte ich nur so lange hier leben?

Noch war es gespenstisch still im Hause, eine trügerische Stille, doch sie würde nicht lange andauern, bald ist der Teufel los und die Hölle wird ausbrechen.

Die Baumkronen zeichneten sich düster vom Himmel ab,

nahmen Form an, wiegten sich im Winde.

Ich hörte das Rauschen, doch andere Geräusche durchdrangen die Stille, ein lästiges Poltern und drängende Stimmen, verkündigten den verhängnisvollen Tagesbeginn.

Etwas ungeheuerlich, grauenvolles sollte heute geschehen.

War es ihm gelungen zu entkommen, oder würde das Unheil über ihn hereinbrechen? Oh mein Gott, gar nicht auszudenken.

Mehr als nur einmal, hatte ich schon erhängte Körper, als gespenstische Schattengestalten im Winde baumeln sehen, doch niemals war es ein mir Nahestehender.

Ich kleidete mich in aller Eile an und lauschte angstbebend den Geräuschen.

Das gewaltige Haustor wurde mit brachialer Gewalt, mit einem Rammbock aufgestoßen.

Es krachte fürchterlich, die Holzsplitter schossen Meterweit in die Halle.

Schweres polterndes Getrampel, das sich ins Haus ergoss, sich verteilte und bald die Treppe erreichte.

Laute dröhnende Stimmen.

Türen, die vermutlich eingetreten wurden, entsetzte Rufe, Schreie in Todesangst. Ja die Hölle war ausgebrochen.

Das verschreckte Gesinde, wurde barfüßig in Schlafhemden in die kalte Halle, wie Vieh zusammengetrieben.

Ich wartete, gewappnet für diesen Moment, hatte meinen Platz am Fenster eingenommen und sah ihnen äußerlich gefasst entgegen.

Die Tür meiner Kammer hatte ich vorsorglich geöffnet, um ihnen keinen Anlass zu bieten, sie zu zerstören.

Dennoch zuckte ich zusammen, als sie plötzlich vor mir standen.

Der Hauptmann persönlich, richtete das Wort an mich.

„Wo verbergt ihr den Abtrünnigen?, So redet, oder ich muss zu anderen Mitteln greifen!"

„Ihr glaubt doch nicht im Ernst, ich würde meinen Gatten verraten und ihn euch ausliefern, weis ich doch was ihn erwartet. So foltert und erniedrigt mich, aber ihr werdet kein Sterbenswörtchen aus mir heraus prügeln".

„Ich habe nicht den Befehl, oder die Absicht, euch ein Leid zuzufügen", entgegnete er, sich mühsam beherrschend.

„Verlasst augenblicklich diesen Raum, meine Männer müssen ihn durchsuchen", fuhr er fort, nachdem er hörbar nach Luft geschnappt hatte.

„Ergreift sie Männer!", befahl er im harschem Ton.

„Wagt es nicht mich anzurühren, ihr Tölpel, ich werde freiwillig gehen", zischte ich böse, erhob mich in Würde und strich wie gelangweilt, meine Röcke glatt, „ihr werdet ihn nicht finden, nicht hier und in keinem anderen Winkel im Schloss", murmelte ich, während ich erhobenen Hauptes an ihm vorbei rauschte.

Mit zittrigen Knien, stakelte ich die Stufen hinab und traf unten in der Halle auf die Anderen.

„Ängstigt euch nicht, ihr tragt ja keine Schuld, euch wird nichts Geschehen. Schürt die Feuer, es ist bitterkalt und schert euch

178

in die Küche - los – los, wir werden uns doch nicht durch diese Großkotze einschüchtern lassen", sprach ich beruhigend auf sie ein.

„Aber, - uns ist befohlen, - wir dürfen doch nicht"...

„Hier im Haus gilt, was ich bestimme und ich befehle euch ein kräftiges Frühstück zu bereiten, wie jeden Morgen, husch husch, an die Arbeit mit euch!", scheuchte ich den verschreckten Haufen und begleitete sie in den Küchentrakt, um selbst mit Hand anzulegen.

Unter meiner Aufsicht, nahm alles schnell seinen gewohnten Gang.

Bald saßen wir plaudernd an dem langen derben Tisch und schlürften genüsslich unsere heiße Milch. Als die Männer nun auch die Küche stürmten, gefolgt von dem Hauptmann.

„Frau Gräfin folgt uns, wir müssen euch verhören!", bellte er und griff nach meinem Arm, „und ihr kommt später dran", fügte er, an die Dienstboten gewandt, hinzu.

„Wo führt ihr mich hin, ich habe keineswegs die Absicht, das Haus zu verlassen!"

„Oh, die hohe Dame glaubt sich in der Lage, Ansprüche stellen zu können", murmelte er zynisch, „aber glaubt mir, eure Kapriolen rühren mich nicht!"

„Ihr dürft mich nicht einsperren, ihr könnt mich keiner Untaten bezichtigen", fauchte ich mit zornblitzenden Augen. Mein wütender Ausbruch zauberte ein amüsiertes Schmunzeln auf sein Gesicht.

„Aber Gnädigste, ihr verwirrt mich, wie könnte ich solch eine

179

reizende Frau wegsperren. Gleichwohl habe ich Befehl, von euch den Aufenthalt eures Gatten heraus zu pressen!"

„Ihr verkennt den Ernst der Lage, ich bin angehalten, Licht ins Dunkel zu bringen, also, ziert euch nicht länger, raus mit der Sprache, sonst muss ich in der Tat, schärfere Mittel Anwenden."

Er hatte mich indessen, in das leere Herrenzimmer geführt, gefolgt von zwei bulligen, ungeschlachten Kerlen, die mich frech, anstierten.

„Sollen wir sie in die Zange nehmen?" Fragten sie erwartungsvoll grinsend und bauten sich dreist vor mir auf. Mir wurde unbehaglich zumute.

„Ja, - später vielleicht, doch zunächst, lasst ihr uns alleine. Setzt euch Gräfin, und…"

„Ich kann euch nur sagen, das mein Gatte bereits am Abend des gestrigen Tages, das Haus verlassen hat, er dürfte inzwischen außer Landes sein", begann ich stockend zu berichten.

„Aber wie kann das sein, wie konnte er das Schloss unbehelligt verlassen, wenn meine Leute das Haus bewachten und umstellten?"

„Ach eure Wachen, die haben selig geschlafen, so konnte er sich ungehindert auf den Weg machen".

„Das ist ja ungeheuerlich, was ihr mir da eröffnet, das wird harte Bestrafungen nach sich ziehen", grollte er und tupfte sich aufstöhnend den Schweiß von der Stirn, „aber wohin hat er sich auf den Weg begeben?"

„Nun wohin wohl, in seine Heimat hat es ihn gezogen, nach der Schmach die ihm hier angetan, denn wisset, seine Tat war verständlich. So hat er doch nur den schändlichen Mord gesühnt und selbst die Mörderinnen gerichtet".

„Er sollte freigesprochen und rehabilitiert werden, hat er doch nur ehrenhaft gehandelt und getan, was ein Mann tun muss!"

„Ich verstehe nicht was ihr mir da eröffnet, Gnädigste"...

„Ach wisst ihr das nicht? Unser Küchenmädchen, die rechtschaffene Liese, haben diese Teufelinnen aus niedrigen Beweggründen ermordet. Diese ungeheure Tat, musste doch gesühnt werden!"

„Ach wie interessant, das wirft ein anderes Licht auf die ganze Angelegenheit und benötigt einen neuen Prozess, das muss ich meinem Vorgesetzten berichten".

„Doch darüber habe ich nicht zu verfügen, ich folge nur meinen Befehlen. So belassen wir es für heute, bei dieser Befragung, nichts für ungut Gnädigste. Ihr hört von uns, sicher sehen wir uns schon morgen wieder!", sagte er zerstreut und zog seine Männer ab.

Oh du lieber Himmel, mit welchen Nervereien, muss ich mich plagen. Doch bis morgen werde ich gewiss nicht warten, dachte ich und begab mich in meine Kemenate, um meine wenigen Habseligkeiten zusammen zu suchen, nachdem sie das Haus verlassen hatten und wieder Ruhe eingekehrt war. Viel würde es nicht sein, das mich auf meinen Weg aus der alten Zeit begleiten würde.

Eigentlich benötigte ich gar nichts von dem primitiven Zeug,

181

aus dem 13.Jahrhundert. So waren es allemal nur Zeitzeugen aus einer längst vergangenen Epoche meines Lebens, unnütz und doch ein Teil meines derzeitigen Lebens, dass noch heute mit etwas Glück, der Vergangenheit angehören würde.

Nun gilt es nur noch den Tag zu überstehen. In meiner Unruhe, suchte ich den Pferdestall auf. Der edle Hengst Giesberts, stand ungeduldig schnaubend in seiner Box.

Ein prächtiges Tier, das mir sehr von Nutzen sein würde.

Doch wird es mich als seine Herrin akzeptieren und sicher an mein Ziel bringen? Ich tätschelte seinen Nacken und streckte ihm einen verschrumpelten Apfel zu. Eer kennt mich so lange schon, zerstreute ich meine Bedenken.

Warum schon heute so überstürzt, was soll die Hetze.

Für die Knaben musste Vorsorge getroffen werden.

Übermorgen werde ich gehen, für immer und ich war sicher, niemals mehr in dieses verteufelte Jahrhundert zurück zu kehren.

Der Tag klang ruhig aus, die Ruhe vor dem Sturm, denn das Fiasko würde noch kommen.

Zum ersten Mal allein zu sein, das Wissen, von nun an ohne Giesbert leben zu müssen, weckte seltsame Empfindungen in Mir so - das erleichternde Gefühl der Freiheit - doch gleichermaßen, etwas Unwiederbringliches verloren zu haben.

Abends bei Kerzenschein, saß ich noch über einer Näharbeit, denn auch in einem Grafenhaushalt, gab es nach jeder Wäsche, einen Berg Flickereien auszubessern.

Ich benutze mein eigenes Nähzeug, meine Nadeln waren

182

feiner und das synthetische Garn haltbarer. Wer würde nach mir diese Arbeit übernehmen und fortführen?

Amadeus sollte sich allmählich eine tüchtige Frau suchen.

Meine Güte, 4 Brüder nur, bewohnen ein geräumiges Schloss mit viermal so viel Dienstboten, aber das war in Ordnung so, denn nirgendwo erging es dem Gesinde besser, als bei uns im Hause.

Dafür hatten sie auch allesamt ihre Treue bewiesen, denn es war kein Wort über den Geheimgang nach außen gedrungen.

Ich kniff die Augen zusammen, um besser sehen zu können, doch die Kerzen waren bald heruntergebrannt, heute werde ich keine Neuen mehr anzünden.

So werde ich noch eine Zeit im Dunkeln verweilen und meine Gedanken, ihren Weg gehen lassen.

Die Knaben schliefen schon seit Stunden, auch die Dienstboten, hatten sich längst in ihre armseligen, unbeheizbaren Kammern zurückgezogen, was taten sie dort, ohne jegliche Zerstreuung, zu einer Tageszeit, in der das muntere Leben in den Städten, der neuen so fernen Zeit, erst so richtig zu brodeln begann?

Ach wenn sie davon wüssten.

Das Gesinde hauste direkt unter dem Dach, vormals dem Speicher zugehörend, wie auch noch 600 Jahre später. Nur durch fadenscheinige Bretterwände getrennt und geteilt zu erbärmlichen kleinen, zügigen Behausungen umgestaltet.

Doch jedes der Mädchen durfte vor den eisigen Winternächten, einen in der Ofenglut erhitzten Stein, in ihre

Kammer mitnehmen um das klamme Bett zu wärmen.

Was freudigen Zuspruch fand.

Erst 1960, wurden aus zwei Kammern eine, und erst 30 Jahre später, mit kleinen Heizkörpern ausgestattet.

Im Jahre 2050, hatte ich das Schloss der neuen Zeit zuletzt aufgesucht.

Es war nicht mehr dasselbe wie heute, hatte kaum noch Ähnlichkeit.

Das einstige Turmzimmer, welches ich so liebte, hatt noch kein Dach und würde es auch noch lange nicht erhalten.

Die Wände des runden Raumes, würden eines Tages nur aus Fenstern bestehend, den Augen einen herrlichen Rundblick, in alle Himmelsrichtungen erlauben.

Doch zur Zeit dienten sie als schmale Schießscharten, in winddurchzogenen Mauern, oft von Regen gepeitscht.

Dort hatte ich einst, eine ungemütliche Zeit verbringen müssen!

Wann war das nur?

Um 16 hundert gab es schon ein spitzes Zwiebeldach, doch noch immer keine Fenster, wusste ich.

Amadeus hatte wichtige unaufschiebbare Wege, wie er mich wissen ließ, war es ein Liebchen, das er so dringend aufsuchen musste?

Nun, er würde erst in der Frühe des morgigen Tages zurück sein.

Was würde der neue Tag mir bringen, noch mehr Trübsal und Unheil?

Lass den Kelch an mir vorübergehen, lieber Gott, ich habe bereits genügend Ungemach ertragen müssen.

Das Schicksal hat es gewiss nicht gerade gut mit mir gemeint, was habe ich alles erdulden müssen, - es reicht!

Die Kerzen begannen zu flackern, gleich werden sie ihr Leben aushauchen.

Ich gähne herzhaft und machte mich auf leisen Sohlen hinauf in meine einsame Kammer.

Ist das heute meine letzte Nacht unter diesem Dach?

Ich lag noch lange wach, obwohl mich kein Schnarchen störte.

Keiner wärmte meine kalten Füße, tausend Gedanken schwirrten in meinem Kopf herum.

In aller Frühe suchte ich die Küche auf. Zu meinem Erstaunen, traf ich dort schon unsere älteste Küchenmagd an, eine farblose, propere Matrone, die niemals die nackten Schenkel eines Mannes hautnah gespürt und ihren Lebenssinn, einzig dem Ablauf, dem Gelingen und der Versorgung der Herrschaften, sowie der Belegschaft, verschrieben und geopfert hatte.

Sie werkelte bereits mit großen Töpfen. Das Herdfeuer knisterte und verströmte anheimelnde Wärme.

Ich war durchgefroren und rieb meine Hände über der rauchenden Herdöffnung.

Große Mengen Wasser mussten jeden Morgen erhitzt und in die Schlafkammern der Herrschaft geschleppt werden.

„Heute braucht ihr mir kein heißes Wasser bringen Emma, ich werde mich hier in der Küche waschen, hol mir einen Zuber,

185

ich bin in Eile!"

„Aber Frau Gräfin, ihr könnt doch nicht…"

„Ist schon in Ordnung, wir beide sind doch allein.
Ist denn der Graf schon eingetroffen?", fragte ich, während
ich mich mit meiner eigenen Seife einschäumte.

„Ja er ist schon da, der junge Graf, er erwartet einen Gast, ich
muss mich eilen und ihm vordem , den Morgenschmaus,
einen warmen Haferbrei und heißes Würzbier auftischen.
Ich darf nicht zu spät kommen, sonst wird er mich schelten."
Fügte sie hinzu und hastete mit dem Gewünschten aus der
Küche.

Ich indes, schlüpfte in meine sorgfältig ausgewählte Kleidung,
bändigte notdürftig mein widerspenstiges Haar, mangels eines
Spiegels und machte mich nun auf den Weg in das
Schlafgemach der Knaben.

„Ich mag noch nicht aufstehen", maulte Gunter, der Jüngste
der Brüder und rieb sich verschlafen die Augen.

„Das brauchst du auch noch nicht Junge, ich will nur
sichergehen, das ihr frische Wäsche vorfindet, wenn ihr in den
neuen Tag startet und vergesst nicht, euch zu waschen!",
fügte ich augenzwinkernd hinzu und drückte ihm einen
feuchten Kuss auf die Stirn.

„Schlaf nur, du armes Weisen-Kindchen, träume deine süßen
Kinderträume. Bald wirst es keinen mehr geben der sich um
dich sorgt, der dich abends liebevoll zudeckt und das
Nachtgebet mit dir spricht".

186

„Auch, wenn es dir bisweilen albern erscheint, weil du dich inzwischen zu alt dafür glaubst.

So wirst du doch später in Wehmut zurückdenken und dich erinnern, an die sanftmütige, geheimnisvolle Frau, die dich hätschelte und beschützte, dich mit mystischen Geschichten erfreute und in den Schlaf sang", murmelte ich, mit einem letzten Blick auf das schlafende Kind.

Ich fühlte meine Augen feucht werden, als ich leise die Tür verschloss.

Wer weis, vielleicht ist er der Urahne, dessen Blut 600 Jahre später in den Adern meines Liebsten pulsiert.

Gedankenversunken, verweilte ich einen Moment vor der Tür, ehe ich mich auf den Weg ins Herrenzimmer begab, in dem ich Amadeus vermutete.

Was hat er neues zu berichten?

Doch bevor ich den Raum erreichte, vernahm ich aufgeregte Stimmen, einen hitzigen Disput.

Wer mag es sein, der Gast den er erwartete, der es für so nötig befand, uns zu so früher Stunde aufzusuchen?

War es womöglich ein Schuldeneintreiber, hat Amadeus sich in unsaubere Geschäfte verstrickt?

Was auch immer, ich würde sie gewiss nicht stören, nach weiteren Ärgernissen stand mir nicht der Sinn. Ich werde mir durch nichts die gute Laune verderben lassen, dachte ich und setzte meinen Weg fort, ich hatte anderes zu tun.

Amadeus saß übermüdet und hungrig im Herrenzimmer und wartete ungeduldig auf sein Morgenmahl. Als heftig an der Tür

187

getrommelt wurde.

„So stelle sie es auf den Tisch, Emma", rief er, in Erwartung seines dampfenden Haferbreies und dem belebenden Getränk, seinem geliebten, süßen, heißen Würzbier.

„Nun zier dich nicht, altes Mädchen!"

Doch in der Tür stand zu seinem Erstaunen nicht die alte Magd, sondern der Schultheiß höchst persönlich.

„Ach ihr seid es, warum belästigt ihr mich zu so früher Stunde und stört meinen Morgenfrieden!", polterte er ärgerlich.

„Ich, - aeh, ich komme in einer heiklen Angelegenheit, junger Graf. Ich will nicht lange herumreden und sogleich auf den Grund meines Anliegens kommen".

„So gewährt mir die Ehre, um die Hand eurer wehrten Schwägerin an zu halten!"

„Was sagt ihr da?, nein das ist ausgeschlossen, wie ihr wisst, befindet sich der Graf mit Sicherheit noch am Leben, das wäre eine Sünde im Angesicht des Allmächtigen".

„Ach, schwafelt nicht, es ist klar das der flüchtige Graf nicht zurück kehren wird. Hier erwartet ihn die Todesstrafe, zudem könnte ich die wehrte Dame der Hexerei bezichtigen, der Gründe gibt es genug, denn sie ist auf meine Gnade angewiesen!"

„Ihr seid ein Teufel und ihrer nicht wert", ereiferte sich Amadeus, „niemals wird sie euch erhören und mit euch gehen!"

„Ha, ihr werdet schon sehen, wenn ihr mir nicht die Gunst erwehrt, werde ich sie selbst aufsuchen, um ihr meine

Aufwartung zu machen", polterte der so schändlich Abgewiesene und entfernte sich wutentbrannt.

„Halt, so warte er", hielt Amadeus ihn auf, der seine Felle davon schwimmen sah.

„Mein Cousin hat die Todesstrafe nicht verdient, wie euch klar sein muss. Er hat Recht gehandelt, denn die Weiber, die er gerichtet hat, waren allesamt Mörderinnen, sie haben allemal den Tod verdient. Denn sie haben unsere kleine Liese, aus niedrigen Beweggründen ermordet!"

„Ach wen kümmert das jetzt noch", schnaubte der Schultheiß verächtlich, „ist die Gräfin nicht gegenwärtig ohne Gatten und somit ohne männlichen Schutz?

Ich werde ihr meinen Schutz gewähren, auf das es ihr wohlergehe!", prahlte er, sich angeberisch auf die Brust klopfend.

Amadeus, der seine eigene Chance entschwinden sah, hatte er sich doch selber eine rosige Zukunft mit der schönen Angebeteten ausgemalt und sich nun überrumpelt sah, rief erschüttert aus.

„Dazu wird es nimmer kommen, auf keinen Fall!, das werde ich nicht zu lassen, " rief er und sprang wutbebend von seinem Stuhl.

„Ach will er mir etwa drohen, der weibische Jüngling, der Reime schwingt, anstatt ein gutes Schwert!"

„Bah, - ich bin auf euer Wohlwollen nicht angewiesen", entgegnete Der und schnaubte verächtlich, eine wegwerfende Geste andeutend.

Wenig später kratzte er an meiner Tür.

Amadeus, hatte sich auch gute Chancen erhofft.

Nun ja, wir beide allein unter einem Dach, da gibt es viel Zeit und Gelegenheiten für gewisse Dinge und um sich sonst noch näher zu kommen, eine feste Bindung, wer würde auch etwas anderes vermuten? Hatte er sich lebhaft ausgemalt.

Doch nun zerbrachen seine Träume und Vorstellungen in tausend Scherben.

„Komm nur herein mein Freund", antwortete ich auf das zaghafte Geräusch an der Tür, „wir haben zu reden".

Die Tür öffnete sich und zu meinem Erstaunen erschien nicht das erwartete, stets freundliche Antlitz des jungen Dichtersprosses, sondern die feiste, zu einem künstlichen Lächeln verzogene Grimasse des Ortsoberhauptes, der Schultheiß.

Vor Empörung, glitt mir der Truhendeckel aus der Hand und krachte scheppernd auf den Rand.

„Ihr wagt es noch, mir unter die Augen zu treten, Meuchelmörder - Tyrann, der ihr seid. Welche ungeheuerliche Dreistigkeit!", fauchte ich zornbebend, „ihr habt mich in größte Schande gestürzt, habt eine rechtlose, unglückliche Frau aus mir gemacht", fügte ich, theatralisch hinzu.

„Aber aber, ich bin gekommen um, - aeh...ich sorge mich um Euch. Ihr dauert mich zutiefst, jedoch im Angesicht des Volkszornes, konnte ich nicht anders handeln, müsst ihr verstehen, ich werde den Schaden zu begrenzen wissen und mich höchst selbst Eurer annehmen", versuchte er mich zu

190

beschwichtigen.

„Was erdreistet ihr euch, aus dem Elend, das ihr über mich gebracht, auch noch Nutzen für euch zu schlagen!", rief ich, empört und schlug mit einem Ledergürtel auf ihn ein.

„Hinaus aus meinem Gemach", wütete ich und rief so die Diener auf den Plan.

„Der Schultheis wollte gerade gehen, bitte geleitet ihn hinaus!"

„Ich werde wiederkehren und bekommen was mein Begehr ist!", zischte er böse im Hinausgehen und maß mich mit grimmigen Blick.

„Ihr werdet mich noch auf Knien anflehen, möglicherweise zeige ich Mitleid, so könnte ich mich erbarmen und euch gar vor einer Hexenverbrennung verschonen", ... glaubte ich, ihn noch murmeln zu hören.

Was sich danach im Hause abspielte, erfuhr ich erst viel viel später, denn ich selbst verließ das Schloss noch am selben Tag, nach hereinbrechender Dunkelheit, im Schutze der Nacht.

In einer Nacht und Nebelaktion. Um einer noch viel übleren Gefangenschaft, als der gegenwärtigen zu entgehen, schlich ich mich aus dem Haus.

So erlebte ich nicht die unwürdigen Szenen, die sich Tags darauf im Schloss abspielten.

Zuvor jedoch, hatte ich meinem aufgezwungenen, doch nun zum Tode verurteilten Gatten Giesbert, zur Flucht verholfen und jetzt von allen Fesseln bereit, selbst hoffnungsvoll die Flucht aus dieser verhassten Zeit, 1357 - in das Jahr 1899 gewagt.

Würde mein Liebster nach so langer Zeit noch auf mich warten?

„Ich bin gekommen, um euch ein letztes Mal nach dem Verbleib des mörderischen Grafen zu fragen!", fiel der Schultheiß mit der Tür ins Haus.

„Ha, selbst wenn ich es wüsste, würde ich es für mich behalten!", entgegnete Amadeus gelassen und wies dem ungebetenen Gast einen Stuhl, als würde es sich um ein geselliges Plauderstündchen handeln.

„Er scheint den Ernst der Lage noch immer nicht begriffen zu haben, das ist kein Plauderstündchen und kein Bittgesuch!", brauste der Schultheiß verärgert auf.

„Verrate er mir auf der Stelle den Ort, an dem der verbrecherische Graf sich aufhält oder"...

„Ach Gott, so sollt ihr es wissen, wenn ihr glaubt, das es euch weiterbringt, der verbrecherische Graf, wie ihr ihn betitelt, also, - er ist auf dem Weg in seine ursprüngliche Heimat, dort sammelt er seine Truppen!", sagte er nur und machte eine bedeutungsvolle Pause, um auf die Reaktion seines Gegenübers zu warten.

„Bah, - nun habe ich aber Angst, glaubt ihr, das mir das imponiert?"

„Das sollte es aber, ihr dürft die Macht derer von Elzen nicht unterschätzen!"

„Meint ihr etwa den zusammen gewürfelten Haufen von Bauerntölpeln mit „einem Heer?"

192

„Oh nein keineswegs, ich spreche von dem furchteinflößenden Heer das erfolgreich, schon viele große Schlachten geschlagen und gewonnen hat und einst sogar gegen den blutrünstigen Dschingis Khan ins Feld gezogen ist. Zudem ist es als äußerst mordrünstig und gnadenlos berüchtigt!"

„Ihr solltet besser auf der Hut sein und jederzeit mit seiner Rückkehr rechnen, denn seine Wut und Rache wird fürchterlich sein. Wenn er mit seinem Trupp hier einfällt, wird er euer Anwesen und das gesamte Dorf dem Erdboden gleichmachen. Wenn ihr euch an seiner Gattin vergreift!"

„Wollt ihr mich glauben machen, dass der Kerl, all das auf sich nimmt, nur für ein Weib? Pah, das wird mich nicht von meinem Vorhaben abbringen. So bleibt mir nur, sie gefangen zu nehmen und an einem geheimen Ort zu verbergen", knurrte er, wider alle Vernunft.

„So soll er Krieg führen, um eine Frau, die es wohl Wert ist, doch er wird es nicht wagen, die Dörfer niederzubrennen, vermutet er doch seine Holde in einem der Häuser, das ist mein Trumpf!

Seine Rache kann er hier nicht entladen und ausführen, wie es ihm gelüstet und er muss unverrichteter Dinge wieder von dannen ziehen, doch seine werte Gattin wird er nimmermehr sehen!", prahlte er hochtrabend.

„Und ihr?, wollt ihr euch verstecken vor ihm, wie ein feiges Weib, einem Kampf aus dem Wege gehen? So seid ihr ein erbärmlicher Feigling. Wollt ihr euch hinter einem Weib

193

verstecken, so seid ihr kein Mann, ihr seid widerwärtig, nicht würdig eures hohen Amtes!"

„Schweigt, Dummkopf der ihr seid, was wisst ihr denn schon von Männerwürde, verweichlichter Grafenspross", knurrte der Schultheiß ärgerlich und stieß den Rivalen barsch von sich. „Stürmt ihr Gemach, Männer, ergreift sie oder muss ich alles selber machen?" Er schnippte mit den Fingern und folgte den Männern in gebührendem Abstand, höhnisch grinsend in freudiger Erwartung, sie in ihrer verzweifelten Lage zu sehen und erretten zu dürfen.

Die Qual in ihren Augen zu sehen, sich daran zu ergötzen.

Schon lange trug sich der Schultheiß mit Heiratsgedanken, nachdem seine Angetraute schon viele Jahre unter der Erde ruhte.

Seine Braut, eine 16. jährige Kaufmannstochter, eine gute Partie, drängte ihn unmissverständlich zur Hochzeit, doch der Haussegen hing schief. War sie doch nicht älter, als seine eigene Tochter, deren Vermählung er stets hinaus geschoben hatte, da kein Bewerber ihm gut genug dünkte.

Sie aber bedachten die junge Braut mit Hohn und allerlei Gemeinheiten, traktierten sie zum Gotterbarmen, als wäre er nicht der Herr im Hause.

Doch nun, da er die wunderschöne Edeldame geschaut hatte, verblich seine Verlobte neben ihr und erschien ihm farblos und langweilig.

Das Vollweib dagegen, geheimnisvoll und begehrenswert, reizte ihn bis zum Wahnsinn.

Er hielt sich ein wenig abseits des Geschehens, um sich erst später zu zeigen, wenn der rechte Moment gekommen - als ihr Erretter und Gönner in Erscheinung zu treten.

So hatte er es sich zurechtgelegt.

Doch alles sollte anders kommen.

Als seine Männer stumm in der geöffneten Tür verweilten, beschlich ihn ein ungutes Gefühl, er befürchtete, sie leblos und kalt auf ihrer Ruhestatt vorzufinden.

Doch die Kemenate, in der er sie noch vor wenigen Augenblicken aufgeschreckt und ängstlich wie ein Kaninchen glaubte, war leer.

Fassungslos starrte er auf das einsame Bett, besann sich jedoch schnell wieder.

Das hatte nichts zu bedeuten, tröstete er sich, der Räume in denen sie sich aufhalten konnte, gab es zu genüge in diesem verwinkelten Gemäuer.

Nun begann die Suche.

Seine Ungeduld wuchs und steigerte sich in blinden Zorn, als er sich seiner Niederlage bewusst wurde.

Sie war und blieb unauffindbar. In seinem Groll, ließ er nun, statt ihrer, den jungen Grafen festnehmen, mit der Begründung der Mitwisserschaft und Fluchthilfe.

So wurde der wütende, zu Unrecht verdächtigt und bestrafte Amadeus, unter lautem Protest, mit brutaler Gewalt aus dem Schloss geschleppt.

Das Chaos war perfekt, als das Gesinde zusammengetrieben werden sollte.

Die jedoch, hatten sich mittlerweile in die Stallungen Geflüchtet und mit Mistgabeln bewaffnet.

Bis auf die alte Küchenmagd, die gottergeben die Stellung hielt und sich keines Vergehen bewusst, mutig vor dem Schultheiß aufbaute und ihn beschimpfte.

„Der Herrgott wird euch strafen, mögt ihr im ewigen Fegefeuer schmoren, Unhold der ihr seid!"

„Ach geh sie mir aus den Weg, alte Fettel", schnaubte der, so zurechtgewiesene und wollte sie lässig zur Seite schieben, besann sich aber anders.

„Was erlaubt sie sich, weis sie nicht, dass ich das Gesetz bin und es mir allein obliegt, nach bestem Wissen zu verfahren. Weis sie nicht in welcher Lage sie sich befindet?"

„Seid ihr nicht die Vertraute der Gräfin und habt gemeinsam ihren Fluchtplan ausgeheckt?, so redet, noch könnt ihr der Verhaftung und der gerechten Strafe entgehen, also, was habt ihr zu sagen?"

„Die Gräfin kann verschwinden, wann immer es ihr beliebt".

„Was soll das heißen, wie soll ich das verstehen?"

„Nun sie kann sich fortzaubern", stammelte sie unbedacht, um von sich selber abzulenken.

„Fortzaubern kann sie sich, sagt ihr?"

„Ja, in eine andere Welt eintauchen, habe ich den Grafen einmal zu seinem Knappen sagen hören!", stotterte sie nun eingeschüchtert und schlug sich erschrocken auf den Mund. Denn eigentlich, hatte sie das niemandem sagen wollen, nun war es heraus und schwebte wahrgeworden im Raum.

„Wie, - was faselst du Alte. Du behauptest also, sie ist des Zauberns mächtig?", donnerte er, nach Luft ringend.

„Gott steh mir bei, aber immer, wenn sie länger fort war und alle glaubten, ihr wäre etwas schlimmes zugestoßen, kam sie mit merkwürdigen Dingen beladen zurück, Dinge die es gar nicht gibt".

„Seltsame Gefäße mit unbekanntem Pulver, Pasten oder Flüssigkeiten in Beuteln, so leicht und dünn, das man hindurchsehen konnte, einmal brachte sie gar…"

„Wie zaubert die Gräfin, aeh, - wie macht sie das, ruft sie einen Dämon herbei, oder benutzt sie Hexenwerk wie etwa einen Zauberstab?", fuhr er ihr barsch über den Mund.

„Das weis ich nicht, Herr, ich habe es nie gesehen, wie sie sich auflöste und davon schwebte, ich weis nur das…"

„Genug, das reicht um sie der Hexerei anzuklagen, wenn es angebracht ist, du wirst als Zeuge ihrer Hexenkunst aussagen müssen, doch vorerst muss sie in Sicherheit gebracht werden!"

„Aber Herr, wie könnte ich, gegen sie aussagen, ich wünsche ihr nichts Böses, sie hat niemandem, je Unrecht getan", jammerte sie händeringend und brach in Tränen aus.

„Ach, was weist denn du schon von richtigen Hexen. Sie können sich verwandeln und alle täuschen, oder bist du am Ende auch eine von Ihnen?"

„Oh nein, ich nicht gnädiger Herr, ich bin ehrlich und rechtschaffen, dass kann euch ein jeder bestätigen".

„Ich verbringe schon mein ganzes Leben hier im Hause und

diene den gräflichen Herrschaften so lange ich denken kann. Denn wisset, ich bin hier geboren, auch meine Mutter, Gott habe sie Seelig, hat schon hier gedient, bis zu ihrem Tode".

„Ja ja, so ist es wohl", entgegnete der Schultheiß gelangweilt, „aber gerade deshalb ist es nötig, das du als älteste Bewohnerin, für Ordnung sorge trägst und uns die Ketzerin auslieferst".

„So sende unverzüglich einen Boten aus, wenn die Gräfin wieder auftaucht, ich werde mich ihrer annehmen und sie vor dem Pöbel bewahren. Du willst doch nicht, das deine verehrte Herrin beschimpft und beschuldigt wird, ihr der Prozess gemacht und sie am Ende gar den Tod in den Flammen erleiden muss!"

„Ihr bringt mich in eine böse Lage Herr, aber wenn es ihrem Schutz und der Gerechtigkeit dient und ihrem Wohl zugutekommt, werde ich eurem Befehl Folge leisten und sie eurer gnädigen Fürsorge anvertrauen. So mir Gott beistehe. Wisset, ich will keine Schuld und Sünde auf mich laden, denn nur, weil sie anders ist und zaubern kann und eine sonderbare Sprache spricht, muss sie noch lange keine böse Hexe sein, gibt es nicht auch gute Hexen?"

„Ja das weis ich nur zu gut, dass sie sich einer ungewöhnlichen Ausdrucksweise befleißigt".

Ihre Stimme klingt wie Musik, süß und sanft, so sie an ihn Gerichtet. Ihre Worte trafen ihn wie Liebkosungen und weckten ein nie gekanntes Gefühl, machten ihn zahm und versonnen, doch auch nachdenklich und hellhörig.

So sprach sie einmal davon, mit ihm und dem Grafen, eine leistungsstarke Destille zu bauen und hatte hinzugefügt: „Unsere geistigen Getränke, locken keinen Bären hinter den Ofen hervor".

Woher will sie wissen, wie so ein kompliziertes Gerät zusammengesetzt ist und funktioniert.

Doch auf seine Frage, hatte sie nur perlend gelacht.

Er träumte schon wieder, doch das war in Anbetracht der Entwicklung der Umstände nicht angebracht, er brauchte einen kühlen Kopf, musste handeln.

Kapitel 13: Hinter dem Horizont

Giesbert hatte diesmal den kürzeren und bequemeren Weg, durch besiedeltes Gebiet gewählt, auf befestigten Chausseen hatten sie eine bessere Chance, eventuelle Verfolger zu bemerken und abzuschütteln.

Sie hatten in drei Tagen schon ein gutes Stück Weges zurückgelegt. Wenn das Wetter hielt und sie keine unnützen Pausen einlegen mussten, können sie schon bald die große Stadt in der Mitte des Landes erreichen – wie hieß sie noch? Doch mit jeder Meile, die sie sich entfernten, wurde ihm unbehaglicher und sein Vorhaben, seine Sippe aufzusuchen, erschien ihm immer unsinniger.

Was sollte er dort ohne sie, ohne seinen Engel, seine Traumfrau, um die ihn alle beneideten. Ein Leben ohne sie schien ihm undenkbar, ja sinnlos!

Zudem, würde ihm gewiss kein großartiger, erfreulicher Empfang zuteil.

Der herrische, mächtige Vater, würde ihm seinen aufständischen Ausbruch, niemals verzeihen und vergeben. Er wäre fortan ein Ausgestoßener.

Die Jahre die seitdem vergangen waren, milderten und schwächten das Geschehen von damals, hatten Gras über seine Jugendsünden wachsen lassen, doch der Dorn saß tief in der Wunde, ließ sich nicht entfernen.

Zwar waren da noch die Brüder, die ihm beistehen würden,

doch der Kampf um das Erbe, würde bald die Harmonie zerstören.

Er war des ewigen Kampfes, um seine ihm zustehende Stellung müde, sein Selbstwertgefühl hatte gelitten.

Nur mit ihr an seiner Seite, fühlte er sich groß, hatte etwas zum Angeben, doch keiner würde ihm glauben, dass sie - die unergründliche schöne Elfe, so viele Jahre schon, seine vor Gott angetraute Gemahlin war, wäre sie nicht bei ihm.

Sie rasteten in einer Scheune, wärmten sich im Heu und verzehrten missmutig die letzten Reste ihrer Wegzehrung, als ihm die Erleuchtung kam.

„Morgen werden wir umkehren Hannes, wir werden sie holen, ich kann nicht ohne sie sein, mein Licht, mein Sonnenschein. Ein Leben ohne sie, ist kein Leben für mich, sie gehört zu mir, wie die Luft zum Atmen!"

„Aber Herr, ihr habt mir versprochen aeh, - ich kann es gar nicht erwarten eure Heimat endlich kennen zu lernen, das sagenumwobene Land, das ihr mir so viel gepriesen", rief er, vorwurfsvoll.

„Ja, - ich hatte unerträgliches Heimweh die ganzen Jahre, wie ein Kind nach der Mutter, aber... ach das kannst du nicht verstehen Hannes, es ist müßig es dir verständlich machen zu wollen"

„Aber Herr, auch ich habe meine Heimat verlassen und..."

„Du hattest keine Zukunft. Dort wo ich dich aufgegriffen habe, hättest du nur am Hungertuche genagt, ich hingegen... wie dem auch sei, mein Entschluss steht fest, morgen werden wir umkehren!"

Die Nacht hatte sich schützend über das Land gesenkt, verbarg die einsamen Reiter, als sie das vertraute Gelände erreichten. Endlich werde ich sie wiedersehen und in meine Arme schließen können.

Doch er fand das Schloss verweist vor, nur ein paar treue Dienstboten und die beiden halbwüchsigen Knaben, empfingen ihn schlaftrunken.

„Was ist hier geschehen, wo ist meine Gattin, mich willkommen zu heißen und wo ist Amadeus?"

„Sie sind alle fort, Herr, alles ist nun anders", klagte die alte Küchenmagd niedergeschlagen und begann lauthals zu weinen.

„Ah ich verstehe, die beiden haben sich aus den Staub gemacht, kaum, dass ich ihnen den Rücken gekehrt!"

„Nein Herr, so ist es nicht", widersprach sie energisch und betupfte sich mit ihrer Schürze die Augen.

„So hört, - der junge Graf sitzt im Kerker und die Gräfin ist spurlos verschwunden".

„Verschwunden ist sie, ist sie etwa in den Fängen des korrupten Schultheiß?"

„Nein, oh nein gewiss nicht, denn auch er ist auf der Suche nach ihr. Er meint, er müsse sie an einen geheimen Ort schaffen, um sie vor dem Volkszorn zu schützen".

„Bah, - ihr glaubt an seine ehrenhaften Absichten, doch ich weis es besser".

202

Ein Glück das sie rechtzeitig geflohen ist, so kann sie nur…
Ich werde sie finden und heimholen, gleich morgen werde ich
mich auf den Weg begeben, dachte er kopflos und machte
sich noch in der selben Nacht, allein auf den Weg zu dem
Zauberberg, wie er ihn nannte.

Dorthin, wo er das Weltenende glaubte und eine andere Welt
beginnt, doch, wenn man die Stelle erreicht, sie immer wieder
in weite Ferne rückt.
„Den Horizont" nennt man das bei uns, hatte mich meine
Liebste wissen lassen, so wie sie ihm alles Unerklärliche immer
mit, ihm fremden Ausdrücken, zu benennen wusste.
Er hatte sich viele ihrer Redensarten angeeignet und prahlte
gern mit seinem neuen Wissen, vor den anderen
Unwissenden.
Aber auch hinter dem Horizont beginnt keine andere Welt,
wie es uns glauben macht, nein nur durch Zauberei, kann man
in sie gelangen, nämlich in die fremde Welt, aus der meine
Kleine kommt.
Nur ich weis die Formel, kenne die Zahl, die mich in die andere
Welt zaubert. Keiner sonst, nur sie und ich.
Hinter einer stinkenden, widerlichen Höhle, der Hölle gleich,
von allerlei Spukgestalten und Gespenstern bewohnt, vor
dessen Betreten ihn alle gewarnt hatten.
Was wissen die anderen denn schon, nichts wissen sie von der
Zaubermacht, die nur er kannte, dachte er, und betrat mutig
und voller Zuversicht zum dritten Mal die gruselige Höhle,
nicht achtend der Gefahren die auf ihn lauerten.

Kapitel 14: Himmelsleiter

Während ich am Fuße des Gebirges entlang durch den bewaldeten Bereich trabte, beflissen die Dörfer meidend, denn ein nächtlicher Reiter war äußerst ungewöhnlich zu der Zeit.

Zudem würde er den Wald, wie den Teufel meiden.

So kamen mir allerlei Schauergeschichten in den Sinn.

Als auch noch eine kräftige Windböe durch das Unterholz strich, erschien es mir, als wenn sich geisterhafte Gestalten hervorhoben, sich bewegten, gleichsam zum Leben erweckend, bedrohlich, furchteinflößend mit ihren Klauen nach mir greifend, um mich zu würgen und das Leben aus mir herauszupressen.

Andere wiederum, einschmeichelnd und verführerisch raunend, um mich zu verhexen, meine Seele zu rauben, gleich einem bösen Zauber.

Oh, ich konnte sie mir mühelos vorstellen, all die zahlreichen Sagengestalten, Auswüchse der Fantasien, der leicht zu beeinflussenden Menschen, der Zeit entsprungen.

Ja, sie waren mir alle wohlbekannt, wenn nicht nur aus historischen Büchern, so doch aus den lebhaften Erzählungen der Alten.

In geselliger Runde lauschend, hatte ich mehr, als mir lieb war, erfahren, über die mystischen Sagengestalten, derer es unzählige zu geben schien.

Kleine Unholde, Teufel, Einhörner, Dämonen, Kobolde, Untote, die dem Zeitgeist, im Irrglauben der Unwissenden entstanden und Jahrhunderte, ja gar tausende von Jahren am Leben erhalten und weitergeben würden.

So konnten ein modriger Baumstumpf, eine halb vermoderte Baumwurzel, merkwürdig, bizarre geformte Felsengebilde erklären, etwa versteinerte Teufelswesen, so wie verhexte Dämonen, Elfen oder Feen gewesen zu sein.

Sie alle konnten um Mitternacht im Silberschein des Mondes zum Leben erwachen, um sodann ihr Unwesen zu treiben, sich untereinander verpaaren und dich in ihre verwerflichen Spiele und Machenschaften reißen, dich verfolgen und zwingen einer von Ihnen zu werden.

Selbst der Mond und die hellen Gestirne, wie etwa der Mars und die Venus, die Himmelsfiguren wie der große Bär und der große Wagen, trugen zu lebhaften Schauermärchen bei, denn wer gab ehrlich zu, noch niemals die Himmelsreiter und den Mann im Mond gesehen zu haben und es wirklich zu glauben. Ausgenommen, mein Gatte, wie er behauptete, dem ein nächtlicher Wald, angeblich keine Furcht einzuflößen vermochte, wenn gleich er mit Sicherheit an all die mystischen Zauberwesen glaubte, sie jedoch nicht in Steinen und Baumstämmen vermutete.

Für ihn lebten sie in alten, halbzerfallenden Gemäuern und in der Hölle selbst, vom Teufel ausgeschickt, die Menschheit zu versuchen.

Sein starker Wille und eiserner Mut, feiten ihn jedoch, dem Teufel zu widerstehen.

Nein, der Wald barg andere Gefahren für ihn, so die, der feindlichen Gegner, auf deren Angriff er jederzeit und überall, gefasst sein musste.

Wie er, so auch Hannes sein treuergebener Knappe, welchen er einst als 15- jährigen, verängstigten, halb verhungerten Knaben, auf unserer endlos erscheinenden Flucht aufgelesen. So hatte er sich seiner angenommen und ihn nicht nur zu seinem Pferdeknecht ausgebildet, sondern zu einem Mann und vollwertigen Partner und Vertrauten ausersehen hatte.

Ihn ängstigten ebenso so wenig die Schauergeschichten, welche die hellen Mondnächte auferstehen ließen, wie die greifbaren Gefahren der Unterwelt. Ebenso wenig wie seinen allwissenden zu allem fähigen Herrn, den er verehrte und geradezu anbetete.

Für den er durchs Feuer und durch die Hölle gehen würde, wie er behauptete.

Nun gut, das alles war nun für mich Vergangenheit, eine Episode meines abenteuerlichen Lebens.

Wenn ich doch bloß bald den gewissen Ort am Berge erreichen würde.

Ich ruhte vertrauensvoll, an den Hals des Pferdes gelehnt, barg mein Gesicht in seiner Mähne.

Ein gutes Stück Weges liegt noch vor uns, erkannte ich im Mondschein, als ich meinen Blick erhob und in die Umgebung richtete.

Ich versuchte mich zu orientieren.

Rechterhand sah ich schemenhaft die Silhouette eines Dorfes, welches war es, das vierte oder fünfte?

Es kann nicht mehr weit sein, bis zu dem Berg mit der Höhle, dem Zeitkanal, dachte ich in freudiger Erwartung und gleichzeitiger Bange der Ungewissheit meiner verzwickten Situation.

Stunden schon war ich unterwegs, bald würde sich der Himmel rot verfärben.

Hatte man meine überstürzte Flucht schon bemerkt und bereits einen Suchtrupp nach mir ausgeschickt?

Ich muss mich sputen, überlegte ich, griff in die Zügel, spornte das Pferd an und blickte voraus.

Doch was war das dort vor mir?

Ohne mich zu rühren, tastete ich geistesgegenwärtig nach meiner Taschenlampe, die ich zwingend in der Höhle benötigte.

Im Schein der Lampe, sah ich starre Augen magisch wie Feuerstrahlen aufblitzen.

Ein Schauer lief mir über den Rücken, wer lauerte da auf mich?

Das Pferd scheute und bäumte sich auf, fast wäre ich Kopf über hinabgeflogen. Ein fester Griff in die Mähne rettete mich vor dem Sturz und brachte mich augenblicklich in die Wirklichkeit zurück.

Oh lieber Gott, sollte nun alles vorbei sein?

Er hatte die Zahl im Kopf, sie war in sein Hirn gebrannt, nie würde er sie vergessen, die magische Zahl die ihm das Tor in die andere Welt öffnen würde.

Doch ahnte er nicht, dass diese besondere Zahl, nur eine Jahreszahl war und völlig irrelevant für ihn, denn die Zeit blieb nicht stehen. Er erreichte nur immer wieder die gleiche Zeit, das von ihm gewünschte Jahr, war ja längst vergangen.

So traf er stets vor der Zeit 1895 ein.

So oft er es auch versuchen mochte, fand er nur immer den ahnungslosen Doktor und dessen Sohn vor, der sich über ihn lustig machte und ihn mit Spott bedachte.

„Wo ist in mein blonder Engel, wenn nicht hier?", fragte er verzweifelt, dem Wahnsinn nahe.

„Ich weis wohl von wem ihr sprecht und nach der ihr so verzweifelt sucht, denn ich selber suche schon so lange nach ihr".

„So lebt sie also noch, meine Kleine, aber was habt ihr mit ihr zu schaffen?"

Was ich mit ihr zu schaffen habe?", fragte Giesbert aufgebracht, „sie ist meine Gattin und sie ist geflohen".

„Ach geflohen ist sie, ist euch also davongelaufen, hat euch verlassen!"

„Nein nicht vor mir ist sie geflohen, sondern vor dem Schultheiß".

„Jetzt behauptet dieser verkleidete Clown auch noch der Gatte von unserer verschollenen Carla zu sein!", ereiferte sich

209

Wolfgang belustigt.

„Lass ihn doch ausreden, vielleicht bringt dass etwas Licht ins Dunkel. So redet Kerl, erzählt mir alles der Reihe nach, Wolfgang, bring uns einen guten Tropfen, das wird seine Zunge lockern", bestimmte Günter und bat seinen Gast, freundlich augenzwinkernd, sich zu setzen.

Doch aus dem wirr hervor gestammelten Geschehnissen, welche sein Gast in seiner Not und Ungeduld herausbrachte, vermochte er keinen Reim zu sehen.

„Ihr behauptet also, der Gatte von besagter Dame zu sein, im Jahre 1356?"

„Selbst, wenn ich eurem Geschwafel Glauben schenken sollte, so ist mir noch vieles unklar und ich will und kann euch nicht helfen. Denn wäre sie hier, so wäre sie dort wo sie hingehört, aber sie ist nicht hier!", betonte er kopfschüttelnd.

„Wie seid ihr überhaupt hierher geraten?"

„Ihr macht euch lustig über mich, nehmt mich nicht ernst", brauste Giesbert empört auf und griff zornentbrannt nach seinem Degen.

„Das wird ja immer schöner, jetzt bedroht er uns auch noch mit seiner Spielzeugwaffe!", erboste sich Wolfgang und fuhr erschrocken von seinem Sitz hoch.

„Vater, verweise ihn augenblicklich des Hauses, wenn der so unsere Gastfreundschaft missbraucht!"

„So ist es, ihr habt gehört, was mein Sohn gesagt hat, so möchte ich euch hiermit auffordern unsere Gastfreundschaft nicht länger in Anspruch zu nehmen und das Haus umgehend zu verlassen. Glaubt nicht wir würden euer Betragen, kampflos hinnehmen, also"…

„Gemach gemach, ich habe verstanden, wenngleich ich auch sicher bin, dass ihr sie hier versteckt haltet".

Auch er war aufgestanden und schaute sich mit wilden Blicken um.

„Ja ich werde gehen, aber…

Sie ist hier - hier irgendwo, ganz in der Nähe".

Er spürte es, doch wo soll er suchen, wenn sie nicht gefunden werden will.

Floh sie auch vor ihm und nicht nur vor dem gewissenlosen Schultheiß?

Dieser Gedanke war so ungeheuerlich, niederschmetternd, das es ihm den Atem raubte.

Ein letztes Mal ließ er seine Augen durch den Raum wandern, war er doch von zwei Männern bewohnt, so sah man dennoch die weibliche Hand, den femininen Einfluss einer Frau.

Welchen sich die Männer offensichtlich angenommen hatten und fortführten, in steter Erwartung dieser Frau, der Seele des Hauses. Doch wo war sie?

Sein Blick wanderte weiter.

Er sah, liebevoll bestickte Tücher auf allen Tischen, sogar in der Küche, sah er Gefäße mit Blumen.

Wie albern, Blumen im Haus, aber Frauen mögen das wohl, weiter sah er die Bilder an den Wänden, bunt und lebendig, als würden sich die Figuren darin sogleich bewegen.

Ein Bild fesselte ihn und erregte seine Aufmerksamkeit.

Er erkannte sie wieder, oh mein Gott wie schön sie war, er hatte ihre Schönheit in den Hintergrund seines Hirns verdrängt und fast vergessen.

Das unbeschreibliche Lächeln, wie nur sie lächeln konnte. Aber nicht ihm galten ihre strahlenden Augen, die Blitze, überschäumender Gefühle.

Liebe, ja wahre Liebe war es, was dieses reizende Antlitz ausdrückte, doch nicht er war es, dem dieses Bekenntnis galt, - nein, ihn hatte sie niemals so angeschaut und dennoch war sie „Sein" was auch immer sie mit diesem Hünen verbinden mochte, zählt nicht, mit ihm war sie verschweißt für alle Zeit.

Er hatte genug gesehen, doch klärte es das Dunkel in seinem Kopf nicht auf.

Verstört und niedergeschlagen erhob er sich und trat aus dem Haus, das überall ihre unleugbare Handschrift trug, als würde sie jeden Moment durch die Tür treten.

Als er die Treppe hinunterstieg, fiel sein Blick sogleich auf die entzückende Gartenlaube, inmitten des Gartens.

Hatte sich dort nicht gerade die Gardine bewegt, verbarg sie sich dahinter, wollte sie ihm aus dem Weg gehen, ihn nicht mehr sehen?

Seine Mutlosigkeit verwandelte sich in unbändigen Zorn, bis zum Hass.

Er straffte seine Schultern und ging ohne Gruß und ohne sich noch einmal umzusehen.

Hinter sich vernahm er noch die hämischen Worte des jungen

Wolfgangs, der ihn mit Spott überhäufte.

„Wenn ihr meint, sie ist in der Laube, so seht doch selber nach, aber glaubt mir, ihr werdet sie hier nirgends finden!"

Kapitel 15: Neben der Spur

Er erinnerte sich plötzlich an die Qual seines letzten Besuches in dieser unwirtlichen Welt, die ihn schier zu erdrücken vermochte. Als er sie damals suchte, hier in dieser verfluchten Zeit, als er wie heute nur Spott und Häme über sich ergehen lassen musste.

Nein und nochmals nein, er würde diesen Boden niemals wieder betreten. Jetzt sah er alles ganz klar, sie, sein Sonnenschein hatte ihn verlassen, wollte ihn nicht mehr.

Alles hatte seinen Sinn verloren.

Es war zwecklos sie noch weiter zu suchen.

Seine übersprudelnden Gefühle für sie, hatten sich in unbändigen Hass gewandelt, auf die Frau, die ihn niemals geliebt, ihn nur benutzt und mitleidig belächelt hatte.

Dann war da noch diese unglaubliche Geschichte mit Amadeus, die sie ihm dreist ins Gesicht geschleudert, die ihn so sehr in seinem männlichen Stolz verletzt hatte.

Dieses verworfene Luder.

Wie oft war sie ihm in den Rücken gefallen, anstatt wie ein gehorsames Weib, ihm beizustehen.

Ernüchtert stapfte er dem Berg entgegen, dieses Mal verzichtete er darauf, die Dörfer nach ihr abzusuchen.

Seine Sonne war untergegangen, sein Licht, die letzte Hoffnung erloschen, sein Traum ausgeträumt.

Alles hatte sich gegen ihn verschworen, das Schicksal kannte kein Erbarmen. Er fühlte sich alt und gebeutelt.

Mit einer schweren Last, die ihm wie ein Steinklumpen im Magen drückte, verließ er diese scheinheilige Welt, als er die Höhle, den Zeitkanal betrat.

Wie jedes Mal, musste er erst das Grauen, des Erlebten von sich schütteln, als er aus der Höhle trat.

Auf dem kleinen Felsen in der Nähe, machte er kurze Rast, um sich zu sammeln.

In der Ferne sah er die kleinen Dörfer, eines hinter den anderen, merkwürdig. Hatte er die nicht vor dem Eintritt in die Höhle schon gesehen, nur größer und mit anderen Dächern versehen?

Doch in der gleichen Anordnung.

Jedoch 500 Jahre nach dieser Zeit.

Merkwürdig die Ähnlichkeit, sei es drum, ich habe ganz andere Sorgen als rote oder graue Dächer.

Eine neue Zeit würde jetzt beginnen, die Zeit ohne sie.

Wenn sie aber längst im Schloss auf ihn wartet, während er hier wie ein Idiot nach ihr suchte?

Ein kleiner Hoffnungsschimmer glomm in ihm auf, dennoch durfte er sie nicht ungestraft davonkommen lassen, sie muss unbedingt begreifen, das sie ihm und nur ihm zu folgen hat.

Nein, er würde sie nicht züchtigen, überlegte er weiter, in ein Kloster würde er sie sperren, auf das sie gereinigt werde an Leib und Seele und von ihrem Liebhaber, den sie immer wieder heimlich aufsuchte.

Später, wenn ich mich erbarme, sie wieder heim zu holen, wird sie mir dankbar und willig, als treue Ehefrau dienen.

Dann wird es Zeit in die Heimat zurück zu kehren mit ihr, denn hier würde sie mir doch immer wieder davonlaufen.

Er fantasierte schon wieder, was wäre wenn.

Wenn sie nur da ist!

Doch sicher würde er sie nicht wiedersehen, denn viel mehr glaubte er sie in der anderen Welt, die er soeben verlassen und nie mehr betreten würde.

Zu sehr schmerzte die Schmach der Erniedrigung, die er dort erfahren hatte.

Auch hatte er den Plan, in seine alte Heimat zurück zu kehren, längst verworfen, nirgendwo würde er hingehen ohne sie, sie die ihn so hinterhältig betrogen und hintergangen hatte.

Hol sie der Teufel, möge sie schmoren und lodern im ewigen Fegefeuer. Mit solchen Gedanken vergiftet, betrat er den Hof der Verwandten, bei denen er die Stute untergestellt, nachdem er auf wunderliche Weise dort auch seinen geliebten Hengst vorgefunden hatte.

Ein untrügliches Zeichen, das sie den Weg zu der Höhle in die andere Welt genommen hatte.

„Bringt mir mein Pferd, los los, ich bin in Eile", fuhr er den verdatterten Stallburschen ungeduldig an.

Er wollte keinem der Sippe über den Weg laufen, um keine unnötigen Erklärungen und Ausflüchte geben zu müssen.

Er musste mit seinem Kummer allein zurechtkommen, brauchte kein Mitleid, noch spöttische Kommentare.

Hätte er sie nur niemals gesehen, wie unbeschwert und rosig war sein Dasein, bar jeder Verantwortung, bevor sie in sein

Leben trat.

Verflucht sei der Tag, an dem er sich verliebte, er, der sich bis dahin sein amouröses, tägliches Vergnügen nach Belieben herauspicken konnte.

Zur Abwechslung und Zerstreuung zogen sie los auf Raubzüge, seine Brüder und die unzähligen Halbbrüder, Sprosse seines dominanten Vaters und er in der Mitte der wilden Horde.

Sie nahmen sich was sie wollten, rücksichtslos und ohne Erbarmen, nichts war vor ihnen Sicher.

Es mangelte nie an Geselligkeit, dachte er sehnsuchtsvoll an die ausschweifenden Gelage zurück.

Doch auch später, nachdem er den Bund fürs Leben eingegangen, war es nicht ohne Reiz, nach der Heimkehr, von seinen zahllosen Abenteuern, seine liebreizende Gattin allabendlich in seinen Gemächern auf ihn wartend, in den warmen Kissen vorzufinden.

Nun, er war wohl ein wenig über das Ziel hinausgeschossen in seiner Zügellosigkeit. Doch gab das genügend Anlass für ihre offensichtliche Verachtung und geringer Wertschätzung für ihn?

In Selbstmitleid entbrannt, trabte er durch die Dörfer.

Die Hufe des Pferdes spotteten Seiner. Im Klang miteinander, gaukelten sie ihm mit jedem Hufschlag, hämische Reime, die er heraus zu hören glaubte.

Seine geringe Hoffnung, noch ein wenig der gewohnten Lebensweise, Stück für Stück wieder zu erlangen, schwand mit jedem Meter mehr, den er sich dem Schloss näherte.

Er fürchtete den Moment, erkennen zu müssen, das alles in Scherben lag.

Denn zu allem Übermaß, wartete seine unabwendbare Strafe, das Todesurteil auf ihn, seine Lage war allemal aussichtslos.

Er legte eine Pause ein, um sich für diesen Moment seiner Niederlage zu wappnen, oder gab es noch einen Ausweg, aus diesem Schlamassel für ihn?

Hatte man inzwischen das Todesurteil für ihn aufgehoben und in eine mildere Strafe umgewandelt?

Warum standen seine Truppen ihm jetzt in seiner Not nicht bei?

Sein Mut sank, als er das Schloss in den Wolken vor sich auftauchen sah. Aus dem Gewimmel der Gestalten im Hof, löste sich eine Person, als er in den Hof einritt und eilte auf ihn zu.

Emma, seine treuste Dienstmagd war es.

Händeringend lief sie ihm entgegen, ihre Gesten verrieten ihm was er befürchtete.

„Herr Graf, ich muss sie leider in Kenntnis davon setzen, dass eure werte Gattin"…

„Du brauchst es nicht auszusprechen, ich habe es befürchtet, so gebe sie mir den Weg frei!"

Blindwütig jagte er über den Hof, ohne ein Wort der Begrüßung.

Erschrocken stoben die versammelten Schlossbewohner auseinander, um den Hufen des wildgewordenen Reiters zu entgehen.

„Fort mit euch ihr nichtsnutziges Pack", schallte sein Gebrüll und übertönte jegliches Stimmengewirr.

Wie gehetzt sprang er von seinem Hengst und überließ ihn gleichgültig dem wartenden Burschen.

In ohnmächtiger Wut, stürmte er sodann ins Haus.

Alles würde er vernichten, alles was ihn an sie erinnerte.

Er wütete wie ein Wahnsinniger. Die Bewohner gingen ihm erschrocken aus dem Weg.

Alle Versuche von Amadeus, der sich ihm mutig in den Weg stellte und ihm Einhalt gebot, stachelten ihn umso mehr an, bis Amadeus es schließlich aufgab.

Soll er nur wüten, solange er nichts wertvolles zerstört.

Er ist nicht der Erste und der Einzige, der von einer Schönen verlassen wurde. Der wird sich schon wieder beruhigen, glaubten auch die anderen Cousins.

Die Komtessen, die gerade zu Besuch weilten, hatten längst die Flucht ergriffen und in wilder Panik, mit ihrem hastig zusammengesuchten Gepäck und dem Jungen Gunter im Schlepptau, den Ort ihrer Kindheit verlassen.

Doch Giesbert beruhigte sich nicht. Wüste Verwünschungen ausstoßend, erreichte er ihre Gemächer, wobei er auf dem Weg dahin, eine Spur der Verwüstung hinterließ. Kostbare Krüge und allerlei Tongefäße, lagen zertrümmert am Boden.

Er zerrte ein Bündel ihrer Gewänder aus einer Truhe und entzündete sie. Ihre Kleider sollen brennen, als umschlangen sie noch ihren Körper.

„Verbrennen soll sie, die Hexe!", murmelte er, mit irrem Blick

219

auf die lodernden Gewänder.

Rasend vor Zorn, schleuderte er eine Gallone reinen Alkohols von der Destille, an der sie gearbeitet hatte, auf die verzierte Holztruhe, welche sogleich Feuer fing..

Eine grelle Stichflamme schoss in die Höhe.

In Windeseile fraßen sich die Flammen zu den anderen Truhen, loderten zu den Wandteppichen. Das Feuer griff auf Tisch und Gestühl über - erfasste das Bett - fraß sich gierig durch den ganzen Raum.

Das hatte er nicht gewollt, doch es war nicht mehr aufzuhalten, fassungslos stand er inmitten der glühenden Feuersbrunst. Die Hitze versenkte ihm Bart und Haare. Keuchend vor Anstrengung und Entsetzen, versuchte er die Flammen zu löschen.

Doch sie hatten sich bereits ausgebreitet, züngelten durch die Tür auf den Gang hinaus, fraßen sich, gierig neue Nahrung fordernd weiter, ergriffen die neue Holzvertäfelung und erfüllten das Schloss in hellem, flackerndem Schein.

Oh Gott im Himmel, jetzt bleibt mir nur noch der Strang, dachte er ernüchtert - erfassend, welche Verheerung er angerichtet hat.

Kapitel 16 : Bittersüße Erkenntnis

Aus der Tiefe des Waldes schallte ein schauderhaftes Jaulen, ein durchdringendes Geheul, wie von Wölfen.

Es war ein Wolf war es, dessen feurige Augen mich angestarrt hatten, doch schon war er verschwunden, mit dem Dickicht des Waldes verschmolzen, der Spuk hatte ein Ende.

„Komm Hector, wir werden uns doch nicht von einem Wolf erschrecken lassen!", raunte ich erleichtert aufatmend, dem Hengst beruhigend ins Ohr und ermunterte ihn mit sanftem

Tätscheln, unseren Weg fortsetzen.

Das erste Morgenlicht zeigte sich bereits am Himmel, als wir endlich die Stelle, den Ort meiner Sehnsucht erreichten.

Den Aufstieg zur Höhle aber, konnte ich nur zu Fuß fortsetzen. Was nun?

Sollte ich den edlen Hengst Giesberts, allein zurücklassen?

Ich besann mich der Sippe, deren Gäste wir einst waren und lenkte ihn auf das nächtliche Gehöft.

Alles war noch still und friedlich, die Dienstboten lagen sicher noch im Tiefschlaf, umso besser, so konnte ich das Pferd ungesehen in den Stall führen.

221

Ich schloss die quietschende Tür hinter mir und machte mich nun zu Fuß auf den Weg, zu dem Berg - zur Höhle hinauf.

Was würde mich erwarten, in der anderen Zeit.

Wie konnte ich so sicher sein, das meinem Liebsten die Zeit nicht zu lang geworden, würde er noch auf mich warten?

Oder… was wäre wenn…

Oh ich würde sterben vor Kummer, alles wäre zu Ende, mein Leben sinnlos. Oh lieber Gott, gib mir noch eine letzte Chance.

Ich verweilte einen Moment auf dem Felsen, auf dem ich so oft schon, gedankenverloren gesessen - sah die Sterne über mir verblassen.

Wieder einmal glaubte ich mich, als der einsamste Mensch auf Erden.

Die ersten Sonnenstrahlen trafen mich, als ich müde, mit einem kleinen Hoffnungsschimmer, die Höhle betrat.

.

Ein herrlicher Frühlingsmorgen erwartete mich. Ich eilte zu dem kleinen Felsen, dem ich sooft schon mein Leid geklagt und hockte mich sinnend auf den kalten Stein.

Nichts überstürzen Carla, alles kommt so wie es soll.

Entschlossen straffte ich meine Schultern und trat an den Abhang.

Mein erster Blick galt dem Haus am Fuße des Berges, dem Haus, das in allen meinen Träumen, Ziel meiner Sehnsucht war.

Zwischen den neu sprießenden grünen Knospen, sah ich die Türme der Erkerzimmer, sah den hohen Zaun und das einladende Tor und ich glaubte in einer einsamen Gestalt, meinem geliebten Gatten zu erblicken.

Mein Herz zog sich schmerzhaft zusammen, das dumpfe Gefühl im Magen schwand, der erdrückende Zweifel, verwandelte sich im nächsten Moment in sprühende Euphorie.

Günter trat früh seinen Dienst an.

Wie jeden Morgen, richtete sich sein Blick den Berg hinauf, auf die Höhle, bevor er seine Praxisräume aufsuchte und die endlos erscheinende Flut der Patienten versorgte.

Würde sie je kommen? Wann würde sie endlich kommen? Seine Liebste, sein Leben.

Doch heute war ihm, als sehe er dort oben tatsächlich eine Person zwischen den Bäumen hindurch huschen, wer konnte es anderes sein, wenn nicht sie!

Er verhielt atemlos seinen Schritt und starrte hoffnungsvoll der einsamen Gestalt entgegen.

Ich kannte seine Statur, die Art sich zu bewegen, wie er den Kopf hob, die Hand, um die Augen vor der Sonne abzuschirmen.

Meine Blicke hefteten sich auf den Mann, ließen ihn der mir so vertraut war, nicht mehr los.

Von unbändiger Freude ergriffen, stürmte ich den Hang hinab, lief- stolperte über Wurzeln und Geröll, überwand den Fahrweg und eilte der Gestalt, die sich mir ebenfalls näherte, entgegen, auch er begann zu laufen.

Außer Puste, stürzte ich in seine weit ausgebreiteten Arme und barg selig mein Gesicht an seine Brust.

„Oh du meine Liebste, so bist du also endlich gekommen, hast dich für mich entschieden!"

„Ja für wen denn sonst", krächzte ich mit erstickter Stimme,

223

mehr vermochte ich nicht heraus zu bringen.

Seine schützenden Arme, die mich fest an sich pressten, nahmen mir den Atem.

So verweilten wir endlos, wie mir schien, die Nähe des anderen genießend - bis er seinen Griff lockerte, um mich zu betrachten.

„Oh halt mich Liebster und lass mich nie wieder los", hauchte ich und schaute in seine blitzenden Augen.

Oh diese Augen, überall hin hatten sie mich verfolgt und mir Kraft gegeben. Ich war wieder zu Hause, mein Leben begann.

„All die verlorenen Jahre ohne ihn, die verschlungenen Pfade des herumirrens, in fernen, fremden Zeiten, waren doch nur erträglich, mit dem Wissen, das Licht am Ende des Tunnels zu erreichen", flüsterte ich und griff nach seiner Hand.

Seine Augen ließen mich nicht los, während er mich mit sich zog, über den Schotterweg, durch das Hoftor in den halbverwilderten Garten, meinen geliebten Garten, von dem ich sooft geträumt.

„Auch für mich war es kaum zu ertragen", begann er zu sprechen, „zwei halbe Leben zerrissen und auseinandergezerrt - war es nur ein Vegetieren, ich lebte nicht wirklich.

Glaub mir, auch ich habe die Hölle durchlebt, immer und immer wieder habe ich dich in der Zukunft gesucht und auch gefunden, doch ich konnte nie lange bleiben".

„Die Zukunft läuft uns ja nicht weg, so musste ich stets zurückkehren, denn ich wollte deine Heimkehr nicht verpassen, was solltest du von mir denken, wenn du das Haus verlassen vorgefunden hättest?"

„Oh ich wäre vor Sehnsucht und Enttäuschung vergangen und gestorben, was sollte ich ohne dich anfangen, du bist mein Leben!"

„Komm ins Haus, wo alles auf dich wartet, sieh nur wie der Garten nach dir ruft!"

„Ja ich kann es gar nicht erwarten, mein Reich wieder zu bewirtschaften und in der Erde zu wühlen. Viel zu lange habe ich das alles vermisst, mein einziges zu Hause".

Er zog mich in die Diele, packte mich und trug mich in die Kammer.

Dort vergaßen wir Zeit und Raum, wir hatten viel nachzuholen. Es gab nur noch uns beide, die Welt versank, alles rückte in weite Fernen, war unwichtig, der Rausch der Gefühle nahm uns auf, bis zum nächsten Morgen.

In seinen Armen hatte ich noch immer das köstliche Gefühl, abzuheben auf eine Wolke, nein,- direkt in den Himmel, das Paradies zu schauen.

Alles war wieder da wie früher am Anfang, berauschend und entrückend, wie vor mehr als 200 Jahren, als wir uns zum ersten Mal gesehen, als alles begann.

Ein Blick genügte und wir wusste beide, nur mit dem Anderen wollten wir das Leben verbringen.

Dreimal schon, hatten wir bislang die goldene Hochzeit gefeiert, so unglaublich viele Jahre gemeinsam verbracht und waren doch niemals einander überdrüssig geworden.

Nun, das prickeln im Bauch, schwächte ein wenig ab, jedoch nach unfreiwilligen Trennungen und waren sie auch noch so kurz, kribbelte es am ganzen Körper und versetzte ihn in einen ekstatischen Rauschzustand.

225

Verliebt wie am ersten Tag, immer noch verliebt wie heute.
Den Lebensfluss des anderen spürend, den Herzschlag und das
Blut pulsierend, als flösse es gleichsam durch beide Körper.
Herzklopfen bis zum Hals und weiche Knie bekommen, wann
immer er den Raum betritt.
Das alles hatte ich verdrängt die ganzen Jahre, um nicht
verrückt werden zu müssen, vor unterdrückter Sehnsucht.
In den Armen Giesberts war es nichts anderes als Lust,
Befriedigung der körperlichen Vereinigung. Der Rausch verflog
schnell und machte einer trostlosen Ernüchterung Platz.
Doch in diesen Armen versank ich und verging, entschwebte in
die Unendlichkeit.
Ein pochen an der Tür weckte uns aus tiefsten Träumen in die
Realität, als Wolfgang ungeduldig nach Günter rief.
„Vater, es ist höchste Zeit!"
„Geh nur Junge, heute wirst du den Dienst alleine versehen,
ich habe anderes zu tun, meine Liebste ist wieder da!"
„Was sagst du da, sie ist wieder hier?"
„Ja hier in meinen Armen und ich habe nicht die Absicht sie
heute allein zu lassen"...
„Oh Mann, ich fasse es nicht, endlich hat das Warten ein
Ende", hörten wir ihn noch brummen, als seine Schritte sich
entfernten.
Am Frühstückstisch, nach meinem lang ersehnten heißen Bad,
mit köstlichem frischen Kaffee, duftenden warmen Brötchen
mit Butter und leckerer Konfitüre, sah ich den Moment
gekommen, von meinen verwirrenden Irrwegen zu berichten.
Doch ich fand keinen Anfang, wusste nicht wie beginnen, zu
viel war geschehen.

"Erzähle einfach der Reihe nach, lass mich teilhaben an deiner endlosen Odyssee", ermutigte er mich und schloss liebevoll den Arm um mich.

„Ach das ist nicht einfach und nicht mit wenigen Worten zu erklären", druckste ich herum und wand mich verlegen.

„Nun wir haben alle Zeit der Welt, was du nicht heute erzählst, berichtest du morgen!"

So begann ich, mit der wilden Flucht, als Sklavin, in die Pyrenäen, ich sehe noch immer die Schnee bedeckten Gipfel der kahlen Berge vor mir.

Ich sprach von dem Aufenthalt im Schloss am Fuße der Alpen um 1652, als ich noch voller Hoffnung, auf ihn wartete.

Weiter erzählte ich von meiner Entführung bei Nacht, berichtete von dem Sohn des satanischen Wüstling Georg, der sich als Unsterblichen bezeichnete.

Sprach von der skurrilen Wohnstätte meines Entführers in die düstere Unterwelt, in der auch ich fortan leben sollte, gefangen in grauen, fensterlosen, unterirdischen Gewölben.

Redete von dem Entsetzen das mich befiel, mich plötzlich im Jahre 1350 zu befinden, in einer Gruft. Denn nur seine freigewählte Abgeschiedenheit in der Unterwelt, hält ihn am Leben.

Ja, es macht ihn geradezu unsterblich, so wie er lebt in einer Gruft, die ihn auf wundersame Weise nicht altern lässt.

Ein Umstand der kaum zu verstehen ist, aber nicht der Logik entbehrt, denn aus unverständlichen Gründen steht dort die Zeit still, wie etwa in unserer Höhle.

Es ist nicht so, dass er sein Reich nie verlässt, um sein Unwesen zu treiben, brutale Überfälle, Raubzüge um sich zu bereichern, gehören zu seiner Tagesordnung.

Das tollste aber ist, dass er aus dieser Gruft, durch eine geheime Tür in das Schloss darüber, das einst auf die unterirdischen Grundmauern aufgebaut wurde, in die spätere Zeit, also in 16 Hundert gelangen kann. Von wo aus er seine Raubzüge in die gewisse Zeit, auszudehnen vermag.

Du kannst dir meine Verzweiflung und Mutlosigkeit nicht vorstellen, ich haderte mit meinem Schicksal, niedergeschlagen, fassungslos wie erstarrt, anstatt beizeiten nach der verdammten Tür zu der vertrauten Welt über mir, welche mich wieder in die Freiheit führen würde, zu suchen. Ich ahnte ja nicht, dass mir nur so wenig Zeit dazu bleiben würde, ...doch dazu später.

„Ach eins musst du mir noch erklären, weil ich es nicht ganz verstehe, du sagtest, er hat seine Streifzüge bis ins 16. Jahrhundert ausgedehnt".

„Das war sehr leichtsinnig und gefährlich für ihn, ja geradezu selbstmörderisch, was zum Kuckuck war das Ziel seiner Begierde?"

„Was soll es um 16 Hundert besonderes gegeben haben, - Schusswaffen vielleicht?"

„Nein keine Schusswaffen, die machten ihm Angst, damit versteht er nicht umzugehen, er hält sich eher an Schwert und Säbel".

„Was ist es dann, so spann mich nicht länger auf die Folter, Liebes".

„Frauen sind es, besonders schöne Exemplare, die er zur Blutauffrischung benötigt, denn in seinem Reich sind inzwischen nahezu alle mit ihm verwandt!"

„Da er schon 200 Jahre lebt, besteht seine Sippe, die mittlerweile das ganze Gebiet bevölkert, fast ausschließlich aus seinen Nachkommen!"

„Ah - ja, jetzt verstehe ich, warum er es ausgerechnet auf dich abgesehen hatte, er hat dich also entführt um…

Oh mein armes Schätzchen, du warst in seiner Gewalt, ihm völlig ausgeliefert, doch sag mir noch wie konntest du ihm letztendlich entkommen?"

„Einer seiner legitimen Söhne war es, der mir schließlich zur Flucht verhalf, doch im Gegenzug, verlangte der mein Versprechen, seine Frau zu werden".

„Ich hätte alles versprochen, nur um diesem Scheusal zu entkommen, denn ich hatte vor, auf dem Weg durch das Riesengebirge, in die Höhle, in unsere Höhle zu gelangen, - zu dir, doch es war mir nicht gelungen".

„So folgte bald die unabwendbare Hochzeit, die mich erneut in Abhängigkeit und Gefangenschaft zwängte, das war gewiss keine angenehme Zeit, das Leben um 1350, kannst du mir glauben. Zudem war er ein Hallodri, ein Weiberheld, der es mit der ehelichen Treue nicht Ernst nahm.

Alle im Schloss bedachten mich mit mitleidigen, spöttischen Blicken, bis ich verzweifelt das erste Mal flüchtete, zu dir Damals. Doch er fand mich, wie du ja weist und ich sah mich gezwungen, wieder mit ihm zurück zu gehen".

„Seitdem sind schon wieder so viele, viele verlorene Jahre ins Land gezogen, doch die Zeit ist uns hold, ist ohne große Bedeutung für uns, die Zukunft steht uns offen".

„Nun bin ich hier bei dir und nichts kann uns mehr trennen, denn er ist zu seinen Wurzeln zurückgekehrt, nun hat ihn die

Strafe seines zügellosen Treibens mit aller Wucht getroffen, so das auch er fliehen musste, gebe Gott das ich ihn nie mehr sehen muss!", schloss ich.

„Ich sollte ihn umbringen, diesen verfluchten Kerl, wenn er uns noch einmal über den Weg läuft", bemerkte Günter leidenschaftlich.

„Es bleibt wie ein böser Traum bestehen, doch er wird verblassen mit der Zeit. Eigentlich ist er nicht wirklich böse, denn sein einziges Verbrechen bestand darin, das er mich mit Macht zurückhaben wollte und dafür über Leichen geht".

„So so, bei ihm tolerierst du das Töten!"

„Das kannst du nicht vergleichen mit dir, denn du bist kultiviert und beherrscht, er hingegen ist als Krieger erzogen, er musste von Klein auf kämpfen, rauben und morden. Sein Leben bestand darin, sich mit Gewalt zu nehmen, wonach ihm gelüstete. Sein Vater, der Georg, ist Satan in Gestalt!"

„Auch, wenn er äußerlich recht ansehnlich ist, sehr maskulin und aufregend... in seinem Auftreten, mit seinen behaarten Armen und der pelzigen Brust, wie ein Bär, bei Gott, sehr erotisierend, einmal habe ich ihn sogar nackt gesehen", bekannte ich kichernd.

„Auch, wenn er die meiste Zeit unter der Erde hauste, so erfreute er sich doch aller weltlichen Genüsse".

„Du schwärmst doch nicht etwa heimlich für ihn, hast du auch mit ihm dein Lager geteilt?", fragte er skeptisch.

„Nein, - dazu ist es gottlob nicht gekommen", beteuerte ich.

„Nun ist genug erzählt für heute, ich brenne darauf, wieder an mein altes, neues Leben anzuknüpfen, komm Liebster, begleite mich".

Drei Tage nach meiner Ankunft, besiegelten wir unsere Liebe, wir waren noch einmal vor den Altar getreten und festigten unsere Bindung mit einem erneuten Ja – Wort, vor Gott, in der alten Dorfkirche.

„Und wenn es unsere 5. Oder 6. Hochzeit ist, so werde ich auch ein 7. und 8. Mal - Ja sagen zu dir", beteuerten wir uns lachend - gegenseitig.

Der Frühling explodierte, nach einem warmen nächtlichen Landregen. Viele bunte Blütenknospen, öffneten sich mit den ersten morgendlichen Sonnenstrahlen.

Ich war happy, mich wieder in meinem Reich, dem großen Garten austoben zu können. Mir war als schiene die Sonne hier heller, erstrahlten die Blumen und Obstblühten üppiger und herrlicher als in der alten Zeit. Ich fühlte mich wie im Paradies.

„Wir sollten die Verwandten im Schloss und besonders den Ur-Ur besuchen, er hat so oft nach dir gefragt am Anfang, nun mittlerweile, halten dich alle für tot, doch nicht du, sondern der Ur-Ur ist es, der noch in diesem Jahr den Weg des Irdischen gehen wird!"

„Dir bleibt also nicht mehr viel Zeit, mit ihm wieder Frieden zu schließen", erinnerte mich Günter.

Ich war gespannt, dasselbe Gemäuer nur wenige Wochen, nach meinem Fortgang, um mehr als 600 Jahre versetzt, wieder zu sehen, wie hatte sich alles verändert in der langen Zeit?

Ich werde die neuen Eindrücke, mit wachen Sinnen auf mich

einwirken lassen.

Doch mit Sicherheit wird mich kein Heimweh nach dem Leben, in der so weit zurückliegenden Zeit überkommen.

Ich erschrak, als wir das Schloss auf dem Hügel, wie in den Wolken schwebend vor uns erblickten.

Das hier war nicht das gleiche Gemäuer, welches ich vor kurzer Zeit erst verlassen hatte.

Es war nicht grau und beängstigend, eher einer Ritterburg gleichend.

Dieses war weiß getüncht, mit unzähligen glitzernden Fenstern, erhob es sich stolz erhaben und einladend, den Betrachter erfreuend.

Keine hässlichen Mauern noch Wassergraben mit Zugbrücke, störten den Anblick auf das herrschaftliche Portal, vor dem wir den Grafen inmitten seiner Sippe erblicken.

Der ehrwürdige hohe Graf, groß und stattlich, Herrscher über Land und Leute.

Ein Riesengut mit berühmter Pferdezucht, Vater von 10 ehelichen Kindern, so wie Bastarde in unbekannter Zahl.

Ich wusste wie die Begrüßung ablaufen würde, hatte es so oft schon erlebt. Erwartete das gewisse Wort, welches er stets in dieser Situation hervorbringen würde.

„Donnerwetter, - Junge, was für ein Vollweib!", sprudelte es aus ihm heraus, seine Augen weiteten sich, als wollten sie mich verschlingen, erleuchteten in andächtiger Verzückung.

Ich sah, ihn seine Arme heben, um mich zu umfangen, hörte, alle den Atem einziehen.

Die Luft knisterte voll elektrischer Spannung, einen Moment stand die Zeit still.

Alle wussten von unserer Fehde, die schon ewig schwelte, doch keiner ahnte das wahre ungeheuerliche Geschehen, zu teuflisch war sein Plan und die Schuld des gutmütig, erscheinenden Ur – Ur-Onkels, die er einst auf sich geladen.

Meine Reaktion erfolgte umgehend, obgleich ich mich zur Beherrschung ermahnte.

„Du hinterhältiger Schurke, glaub nicht ich hätte vergessen, was du uns angetan", zischte ich und ignorierte seine ausgebreiteten Arme.

Angesichts dessen, was mir inzwischen widerfahren und ich durchgestanden hatte, besann ich mich spontan und ließ es geschehen, dass seine fleischigen Finger mich umfassten und meinen Rücken tätschelten.

Sein Geruch verwirrte mich, weckte einen Moment der Erinnerung, ein Hauch nur genügte für die plötzliche Erkenntnis, dass Wissen, einstmals auch seine Gattin gewesen zu sein.

Um Himmelswillen, bin ich ein Monster, wie konnte es jemals dazu kommen, ich verwechsele die Zeiten, bring alles durcheinander!

Weis er davon, oder hat die Zeit alles gelöscht?

Verwirrter als vorher, löste ich mich aus seinen Armen, um flüchtigen Begrüßungsküsschen auf die Wange und das gesamte verlogene Ritual der versammelten Sippschaft über mich ergehen zu lassen.

Ich spürte den unterdrückten Hass von, - wie heißt sie doch gleich?... „Herta" erfasste die Feindseligkeit der jungen Marianne, bemerkte die anzüglichen, ja spöttischen Blicke der jungvermählten Söhne, Otto und Niclas.

Jedoch erfuhr ich auch gleichermaßen die aufrichtige Verehrung des jungen 17-jährigen Günters, der nicht nur Namensvetter, sondern wunderlicher Weise, als Großvater meines Gatten Günter, heranwuchs, nicht wissend, dass der geliebte und hochgeehrte, allwissende Onkel mit dem Silberhaar, in Wahrheit sein Enkel war.

Er, der freudeglucksend auf den Knien des Lieblingsonkels, bei Hoppereiter wippte und den fantastischen Geschichten gelauscht, würde umgekehrt, mehr als 40 Jahre später das Baby Günter, geboren 1939, unwissend ihn als gestandenen Mann gekannt zu haben, auf dem Schoß hüpfen lassen.

Alles wurde in diesem Moment wieder lebendig.

Ach, - ja, nichts hatte sich geändert, alles war mehr Schein, als Sein. Zum Teufel mit der ganzen scheinheiligen Sippe, dachte ich, halb belustigt. Gleichwohl ist es amüsant in ihrer Mitte, den alten Neuigkeiten zu lauschen.

Bald konnte ich mich nicht mehr auf die Unterhaltung konzentrieren. Zu sehr schweiften meine Gedanken in weite Fernen, einer längst versunkenen Zeit.

So sah ich mich an gleicher Stelle sitzen, doch umgeben von Gauklern und Narrengestalten, wie es mir heute erscheinen wollte. Ich spürte die Nostalgie der alten Zeit aus allen Winkeln. Geprägt durch die derzeitige Kleidermode, verwebt in

Klischees und Aberglauben, sich einer gestelzten Sprache
befleißigend, lächerlich und verpönt.

Doch in Wahrheit waren nicht sie, sondern ich die verkleidete
Narrenfigur, die Außenseiterin in ihrer Mitte, die sich nicht
anzupassen vermochte.

Nein ich wollte mich ihnen nicht angleichen, wollte nicht
meine Persönlichkeit, mein „ich" aufgeben.

Ernüchtert schaute ich in die Runde.

Sie mussten mit den Wölfen heulen, konnten nicht heraus aus
ihrem Milieu, doch waren sie nicht zufrieden mit ihrem
Dasein?

Wie mag es ihnen ergangen sein, nach den Wirrungen der
vergangenen Monate, würden sie mich vermissen und noch
gelegentlich an mich denken, an die sonderbare Fremde, die
für einige Jahre das Leben mit ihnen teilte und so plötzlich,
wie sie einst aufgetaucht, wieder verschwand.

Nachdenklich schritt ich am Arm meines Gatten, über den
Schlosshof. Neben den Nobelkutschen, erwartete uns unser
Beförderungsmittel, ein Schmuckstück aus Chrom und Stahl,
unser Rolls-Roys, der ebenso, wie zuvor die Kutsche, voll Stolz
von unserem Diener Jonny, gesteuert wurde.

Er wartete schon, lässig an den Wagen gelehnt und öffnete
uns beflissen, grinsend den Schlag, die bewundernd,
neidischen Zurufe der anderen genießend.

Mit einem umfassenden Blick zurück, nahm ich das Schloss in
mir auf. Ein letztes winken, lächeln und mit einem befreienden
Aufatmen, verließen wir den Ort.

Einmal noch wollte ich das Schloss der Vorfahren sehen, um abschließen zu können, doch ich wusste das es nicht ungefährlich sein würde, so verschob ich mein Vorhaben.

Noch immer stecken wir in den Flitterwochen, waren unzertrennlich, berauscht und unersättlich.
Doch am meisten erfreute ich mich an den Einkäufen im großen Einkaufscenter, ergötzte mich an den unerschöpflichen Waren-Angeboten, genoss die vielfältigen Köstlichkeiten, die ich unermüdlich auftischte und mit Heißhunger vertilgte.
Meine Güte ich, die niemals mehr als 52 Kilo auf die Waage brachte, hatte bald den Umfang einer beachtlichen Matrone angenommen.
Was von meinem Liebsten nicht unbemerkt blieb, der mich bisweilen mit merkwürdigen Blicken musterte.
Sei es drum, meine Fressphase würde sich schon wieder geben.
Wenn ich anfangs glaubte, ich könnte mich so einfach abnabeln von der alten Zeit, so sah ich mich getäuscht, zulange hatte ich in der alten Zeit gelebt.
Es drängte mich, diesen Ort noch einmal aufzusuchen, nur noch einmal ihn sehen, ich hatte zwar Fotos, doch was sind schon Bilder auf Papier.
Um endgültig mit der letzten Episode meines abenteuerlichen Lebens abschließen zu können, musste ich mich überzeugen, dass dieses Anwesen wirklich existierte und nicht Fiktion war.
Ich fand keine Ruhe. Ich drängte meinen Liebsten, mich auf meiner Wahnwitzigen Tour zu begleiten.

Doch ich sah ihn wenig angetan von meinem Plan.

„Lass uns noch einmal gemeinsam in die alte Zeit gehen, du hast sie ja noch gar nicht richtig betreten!"

Doch er schüttelte nur unwillig den Kopf. Jedoch ich gab nicht auf, ihn zu bedrängen.

„Es genügt doch schon, wenn wir von oben, vom Berge Ausschau halten, mit deinem schärfsten Teleskop, so kannst du mit eigenen Augen das Schloss um 13 hundert sehen", bettelte ich hartnäckig, bis er endlich nachgab.

Mit unseren neusten Ferngläsern bewaffnet, bestiegen wir den Berg und die Höhle und beamten uns in das Jahr 1357.

Wir traten an den Hang und peilten, die uns wohlbekannte Richtung an, nervös vor Ungeduld, setzte ich das Glas an die Augen, doch meine Hände zitterten.

„Ich kann es gar nicht finden, ich sehe nur, - nein, das ist nicht möglich, das kann nicht sein, das wäre zu ungeheuerlich.

Oh Gott, wenn das wirklich... Heiland im Himmel, mir fehlen die Worte!"

Erstarrt vor Entsetzen, ließ ich das Glas sinken und strich mir fahrig über die Augen, als könnte ich damit, dass soeben gesehene fortwischen.

„Sieh selbst", stammelte ich, mit bebender Stimme, „vielleicht täusche ich mich nur, ja sicher habe ich an der falschen Stelle"...

Weiter kam ich nicht mehr, denn die Umgebung begann zu tanzen und verschwamm vollends, alles wurde schwarz, verschwamm im Nebel.

237

Ich taumelte, fing mich jedoch schnell wieder.

Günter hatte mich mit einem Satz erreicht und das Fernglas an sich genommen.

Nun peilte er in die gewisse Richtung, er wusste genau wo er zu suchen hatte.

„Ich sehe eine riesengroße Brandruine, wenn das, das Schloss meiner Vorväter gewesen sein soll, so ist es aeh, - nun es ist nicht mehr".

„Was sagst du, es ist nicht mehr", rief ich entsetzt und ahnte es doch bereits, „aber warum, wie kann das sein!", stammelte ich und brach in Tränen aus.

„Nun, es ist abgebrannt, wir wussten doch, dass es geschehen würde, nur wussten wir nicht wann", murmelte Günter und wiegte mich wie ein Kind in seinen Armen.

„Aber warum gerade jetzt, ich bin schuld, ich bringe allen nur Unglück", heulte ich und fühlte plötzlich eine unbändige Energie in mir aufsteigen.

Ich muss dort hin, retten was noch zu retten ist, oh je, die armen Menschen, was wird nur aus ihnen?

„Ich werde gehen!", sagte ich entschlossen und löste mich aus seinen Armen.

„Du wirst nirgendwo mehr alleine hingehen, nie mehr, denn ich werde dich begleiten!", bestimmte er und zog mich mit sich.

So fand noch am selben Tag, eine Beratung statt, Pläne mussten ausgetüftelt werden. Alles musste gut organisiert werden. Jonny, unser treuer Diener wurde hinzugezogen.

Der hitzige Wolfgang hingegen, sollte an unserem skurrilen
Vorhaben nicht teilnehmen, beschlossen wir.
Wir benötigten Zelte, Lebensmittel und Waffen, um uns im
Notfall verteidigen zu können, war uns klar.
„Wir besitzen doch noch die Schnellfeuergewehre von damals,
als wir die Festung des Gefängnisses stürmen wollten!",
meldete sich Jonny zu Wort.
„Damit bewaffnet, können wir uns guten Gewissens, in die
feindliche Zeit wagen", fügte er hinzu.
„Aber wir benötigen Pferde für unser Vorhaben", gab Günter
zu bedenken.
„Ach Pferde zu beschaffen ist kein Problem für mich", tat ich
die Angelegenheit, mit einer wegwerfenden Handbewegung
ab. So geschah es dann.
Drei Tage Später machten wir uns, mit einem mulmigen
Gefühl auf den Weg, in die alte Zeit von 1357.
Wir betraten also das verruchte Mittelalter.
Die Männer waren stets auf der Hut, denn hinter jedem Busch
vermuteten sie unvorhergesehene Gefahren, Angreifer die uns
auflauerten, doch nichts dergleichen geschah.
„Haltet euch im Hintergrund verborgen, während ich die
Pferde besorge", mahnte ich sie.
Ich wusste was ich zu tun hatte und suchte den Hof der
Verwandten auf. Nun lag es an meinem Geschick und meiner
Redekunst, die so dringend benötigten Reittiere auszuborgen.
Das erwies sich leichter als gedacht, nur wollte ich ihr
Entgegenkommen nicht überstrapazieren und begnügte mich

239

mit 2 Pferden, zudem hätten sie auch nicht verstanden, wozu ich 3 Tiere benötigte.

Sie wussten längst von dem verheerenden Feuer, welches das Schloss völlig vernichtet hatte und waren nun begierig, Einzelheiten über das Geschehen zu erfahren und drängten mich hartnäckig in Haus.

Ich tat erstaunt und gab an, mich auf dem Heimweg von einem Verwandtenbesuch zu befinden.

„Mein Pferd ist zu Schaden gekommen, ich musste es erlösen. Nun bin ich in einer verzwickten Lage und sehe mich gezwungen...ach das ist alles so furchtbar", klagte ich händeringend.

Notgedrungen gab ich ihren Bitten nach, noch einen Begrüßungstrunk mit ihnen zu nehmen.

Um weiteren Fragen auszuweichen, verabschiedete ich mich überstürzt, denn zu allem Übel, hatte ich durch das Fenster, den Jonny auf dem Hof entdeckt, der mir in seinem Bestreben, mich schützen zu müssen, heimlich gefolgt war.

Ich musste schmunzeln bei seinem Anblick, denn er hatte darauf bestanden, sich in seine farbenprächtige Uniform zu werfen, was sein Selbstbewusstsein, enorm steigerte und ihm zu einem protzigen Auftritt verhalf.

„Aber was wollt ihr in dieser Ruine?", riss der Hausherr mich aus meinen Träumen, „so eine hilflose Dame wie ihr?"

„Soll unser Manfred euch nicht besser begleiten, wenn ihr so unvernünftig seid und... Später kann er euch wieder zurückführen, unser Haus steht euch immer offen".

„Oh ich danke euch für eure Gastfreundschaft, aber ich sehe, mein neuer Leibdiener wartet schon ungeduldig auf mich", bekräftigte ich meinen hastigen Aufbruch und winkte Jonny zu, als Zeichen, das alles seine Ordnung hatte.
Mit mir erhob sich die ganze Sippe und eilte ans Fenster.
„Das ist euer neuer Diener?, aber er trägt eine Uniform wie ein General, ist er am Ende ein hoher Rangträger des Kaisers?"
„Ja, das ist er wohl", log ich und hastete ins Freie.
Die Pferde waren gesattelt. Jonny half mir auf das Pferd.
„Lebt wohl", rief ich noch, ohne mich umzuwenden und preschte in wildem Galopp davon.
„Ich konnte leider nur zwei Tiere auftreiben", erklärte ich dem, hinter einer Hecke wartenden Günter.
„Ach das macht gar nichts, Liebste, wie lange schon, hatte ich nicht mehr die Gelegenheit, mit dir auf einem Pferd zu sitzen", raunte er mir ins Ohr und schloss mich fest in seine Arme.
Die prall gefüllten Satteltaschen, waren schnell befestigt.
Er hob mich auf das Pferd und gab ihm die Sporen.
Obwohl ich auf alles gefasst war und mit dem Ärgsten gerechnet hatte, warf mich der Anblick, der sich meinen Augen bot, völlig um. Erschüttert stand ich vor dem verkohlten Steinhaufen und konnte nicht fassen, was ich sah!
Keine Menschenseele war weit und breit zu sehen.
Wo waren die Bewohner? Hat es sie im Schlaf überrascht und sind alle in den Flammen umgekommen?
Und Giesbert, ist auch er dem Feuer zum Opfer gefallen, oder hat er, am Ende das Feuer gelegt?

241

Benommen hob ich meinen Blick und sah, - ich sah nichts, denn auch die prachtvolle Kirche, vor dem Dorf, sogar das gesamte Dorf gab es nicht mehr, alles war niedergebrannt, dem Erdboden gleich.

Über den schwarzen armseligen Überbleibseln, hatte sich bereits neues Leben ausgebreitet.

Unkraut, mannshoch, überragte die letzten Relikte, überwucherte die letzten Zeugen der Zeit.

Bald wird ein neuer Wald auf verkohlten Holzbalken Nahrung finden und in aller Pracht erstehen und gedeihen und alles vergessen machen, wusste ich, denn ich habe es 300 Jahre später selbst gesehen.

„Oh, - oh, das Schloss ist zerstört und verweist", hörte ich Günter neben mir kopfschüttelnd murmeln.

Während Jonny sich fassungslos im Hintergrund hielt.

„Es muss wieder aufgebaut werden von uns, denn alle sind tot, du hast keine Vorfahren mehr!

Das alles kann gar nicht sein, Liebster, so wären wir doch gar nicht wirklich echt, schwirren vielmehr, gleichsam als Geister durch die falsche Zeit.

Du kannst gar nicht sein, ohne deine Vorfahren!"

„Doch ich kann sehr wohl sein, - denn ich bin!

Du bist meine Vorfahrin - meine Urahne!"

„Was sagst du da?", fragte ich ungläubig, meinte mich verhört zu haben.

„Ja du bist es, oder glaubst du, ich habe nicht schon längst bemerkt, dass du schwanger bist?"

„Aber ich kann es verkraften, denn du trägst die Saat, unter deinem Herzen, wenn auch alle anderen schon längst zu Staub zerfallen sind!"

„Ich soll deine Urahne sein?", keuchte ich - entsetzt nach Luft schnappend.

Fortsetzung:

http://www.meine-buch-ideen.de/

243

© 2018 Charlotte Camp Neuauflage:2020
Herstellung und Verlag:
BoD – Books on Demand, Norderstedt.
ISBN: 9783752829907